瑞蘭國際

瑞蘭國際

瑞蘭國際

瑞蘭國際

絕對合格！

新日檢 N5 模擬試題＋完全解析 新版

林士鈞　著／元氣日語編輯小組　總策劃

一句話惹怒日文老師

「何必考N5？」這句話應該可以惹怒很多日文老師。當然，我知道很多人喜歡建議自己的朋友不要考N5，乾脆直攻N4甚至N3。「白癡ㄟ，幹嘛花錢去考N5，就一定過呀」這種話你一定聽過。

看似好心想幫你省錢的好朋友卻不小心變成了讓你學習去脈絡化的壞朋友，沒有打好基礎日語的根，之後的你只能死背硬記，也許勉強過了N4還沾沾自喜，殊不知你的日語人生級數已經到頂。

換個說法好了，如果你願意好好地參加一次日檢N5，那我非常贊成。不過如果你不想花這筆錢，我也尊重。但是即使要直攻N4，還是必須確定N5範圍全都會了。因為以正統學習來說，N5範圍屬於初級日語前期；N4範圍屬於初級日語後期，前期不熟後期如何精通？這個時候當然應該來一本《新日檢N5模擬試題＋完全解析》……（終於成功置入）

我必須坦承，這一本沒有它的續作《新日檢N4模擬試題＋完全解析》那麼神，我的意思是沒有在社群媒體被神格到那麼誇張的程度，頂多是第二神作。之所以神，就是因為三回模擬試題幾乎涵蓋了N5範圍重要的單字和文法。而且，完全解析就是完全解析，不相信你去比比坊間其他不神但是排版神似的檢定書。

那種有詳解但卻不詳解的詳解就像是點了一個蝦仁炒飯，但是吃了幾口才勉強吃到蝦米大的蝦仁，被騙嗎？也不算，只能說出外人吃個止飢就好。比起那種語焉不詳的詳解，我們這本書的詳解應該是明蝦炒飯吧。

不過明蝦炒飯也是有壞處的，因為日檢主辦單位微調了N5的測驗時間，同時也微調了出題數，我們是不是要把這盤明蝦炒飯變成蝦仁炒飯呢？整體來說，時間減少、題數減少，我們也應該瘦身一下。但是這本書當初的規劃，就是網羅了N5範圍的重要單字和重要句型，一本書就可以把該複習的都複習到了，要我刪減些什麼真的是辦不到。因此最後決定，一刀不剪，原汁原味呈現。

也因為這樣，我才需要跟大家報告一下：本書的測驗時間和題數比實際測驗時間和題數略多，但請當作壓力測試，完成每一份模擬試題。這樣一來，我相信實際應考時，會更從容地考到高分。

最後，容我再提醒一次：要不要踏進試場測驗N5實力是一回事，但是利用本書確認自己是否具備N5實力才是更重要的事。加油！

林士鈞

作者序

為什麼不考N5？

初級日文的書很好賣，亂寫，都賣。初級檢定的書很難賣，寫得再好，還是賣不好。我曾經在中部一所專科開過一堂無學分的初級日語課，開課當天四十人的教室硬是擠了近百人。一聽到我這麼說時，很多人的反應是：說謊也不打草稿，四十人的教室怎麼擠得進一百個人？我發誓，我說的是真的，因為連教室後方美容科實習用的SPA床上都坐滿了人！另外，我在北部一所大學專為輔系同學開設的初級日文明明設定為六十個人的課，卻會有九十人左右想選課，想盡各種辦法只求老師加簽。我不是要告訴大家我的課有多熱門，我要說的是，學日文的人，一開始真的很多，但怎麼到後來少了這麼多呢？

「為什麼學日文呢？」這是我第一堂課一定會問同學的，小班課我會一個一個問，大班課我會要大家自己想三分鐘。語文老師在一開始要掌握學習者的動機，並隨著課程的前進，和學習者一起審視此動機是否達成，若已達成，應該創造出下一階段的動機。各位，請你們也想一想，自己為何學日文呢？

學習日文有三個關卡，第一個關卡是學五十音時，前一個月學完就放棄的人約佔三分之一，我認為這是學習語言的基本篩選，走不下去沒關係，而通過這個關卡的人，都算是具有語言天分。第二個關卡是學完前四組動詞變化時，在這個階段走不下去的人約佔剩下的一半。此時通常是因為學習者太過輕敵、不夠積極。第三個關卡是學完初級所有課程時，又有一半走不下去了，原因是學習者茫然，不知道接下來要怎麼辦。此時老師必須肩負起解惑的工作，若有學生在此陣亡，老師難辭其咎。

而N5就是鎮守第二個關卡的魔王，這個魔王小小弱弱的，但是打敗他，學習者能獲得無比的成就感，經驗值加倍、生命力補滿，這就是N5最大的功能。運動有撞牆期、減重有撞牆期，學日文也有撞牆期。學日文的撞牆期大約會出現在學日文的第六到第九個月，建議各位在撞牆期時報名N5檢定，轉換一下學習的心情，強迫自己複習前幾個月所學的東西，才能繼續走下去。

最後，要感謝瑞蘭國際在大陸日檢書充斥市場的同時，仍盡可能給台灣老師機會，也感謝辛苦幫我校稿的每一位同仁。我不怕長江後浪推前浪，我只怕劣幣驅逐良幣，各位同學、各位讀者，這就要靠你們了。祝檢定通過，感謝！

戰勝新日檢，
掌握日語關鍵能力

元氣日語編輯小組

日本語能力測驗（**日本語能力試験**）是由「日本國際教育支援協會」及「日本國際交流基金會」，在日本及世界各地為日語學習者測試其日語能力的測驗。自1984年開辦，迄今超過30年，每年報考人數節節升高，是世界上規模最大、也最具公信力的日語考試。

新日檢是什麼？

近年來，除了一般學習日語的學生之外，更有許多社會人士，為了在日本生活、就業、工作晉升等各種不同理由，參加日本語能力測驗。同時，日本語能力測驗實行30多年來，語言教育學、測驗理論等的變遷，漸有改革提案及建言。在許多專家的縝密研擬之下，自2010年起實施新制日本語能力測驗（以下簡稱新日檢），滿足各層面的日語檢定需求。

除了日語相關知識之外，新日檢更重視「活用日語」的能力，因此特別在題目中加重溝通能力的測驗。目前執行的新日檢為5級制（N1、N2、N3、N4、N5），新制的「N」除了代表「日語（Nihongo）」，也代表「新（New）」。

新日檢N5的考試科目有什麼？

新日檢N5的考試科目，分為「言語知識（文字・語彙）」、「言語知識（文法）・讀解」與「聽解」三科考試，計分則為「言語知識（文字・語彙・文法）・讀解」120分，「聽解」60分，總分180分，並設立各科基本分數標準，也就是總分須通過合格分數（=通過標準）之外，各科也須達到一定成績（=通過門檻），如果總分達到合格分數，但有一科成績未達到通過門檻，亦不算是合格。各級之總分通過標準及各分科成績通過門檻請見下表。

N5總分通過標準及各分科成績通過門檻			
總分通過標準	得分範圍	0~180	
	通過標準	80	
分科成績通過門檻	言語知識（文字・語彙・文法）・讀解	得分範圍	0~120
		通過門檻	38
	聽解	得分範圍	0~60
		通過門檻	19

從上表得知，考生必須總分超過80分，同時「言語知識（文字・語彙・文法）・讀解」不得低於38分、「聽解」不得低於19分，方能取得N5合格證書。

此外，根據官方新發表的內容，新日檢N5合格的目標，是希望考生能完全理解基礎日語。

新日檢程度標準		
新日檢N5	閱讀（讀解）	・理解日常生活中以平假名、片假名或是漢字等書寫的語句或文章。
	聽力（聽解）	・在教室、身邊環境等日常生活中會遇到的場合下，透過慢速、簡短的對話，即能聽取必要的資訊。

新日檢N5的考題有什麼（新舊比較）？

從2020年度第2回（12月）測驗起，新日檢N5測驗時間及試題題數基準進行部分變更，考試內容整理如下表所示：

考試科目		題型			題數		考試時間	
		大題		內容	舊制	新制	舊制	新制
言語知識（文字・語彙）	文字・語彙	1	漢字讀音	選擇漢字的讀音	12	7	25分鐘	20分鐘
		2	表記	選擇適當的漢字	8	5		
		3	文脈規定	根據句子選擇正確的單字意思	10	6		
		4	近義詞	選擇與題目意思最接近的單字	5	3		
言語知識（文法）・讀解	文法	1	文法1（判斷文法形式）	選擇正確句型	16	9	50分鐘	40分鐘
		2	文法2（組合文句）	句子重組（排序）	5	4		
		3	文章文法	文章中的填空（克漏字），根據文脈，選出適當的語彙或句型	5	4		
	讀解	4	內容理解（短文）	閱讀題目（包含學習、生活、工作等各式話題，約80字的文章），測驗是否理解其內容	3	2		
		5	內容理解（中文）	閱讀題目（日常話題、場合等題材，約250字的文章），測驗是否理解其因果關係或關鍵字	2	2		
		6	資訊檢索	閱讀題目（廣告、傳單等，約250字），測驗是否能找出必要的資訊	1	1		

<table>
<tr><th rowspan="3">考試科目</th><th colspan="4">題型</th><th colspan="2" rowspan="2">考試時間</th></tr>
<tr><th colspan="2" rowspan="2">大題</th><th rowspan="2">內容</th><th colspan="2">題數</th></tr>
<tr><th>舊制</th><th>新制</th><th>舊制</th><th>新制</th></tr>
<tr><td rowspan="4">聽解</td><td>1</td><td>課題理解</td><td>聽取具體的資訊，選擇適當的答案，測驗是否理解接下來該做的動作</td><td>7</td><td>7</td><td rowspan="4">30分鐘</td><td rowspan="4">30分鐘</td></tr>
<tr><td>2</td><td>重點理解</td><td>先提示問題，再聽取內容並選擇正確的答案，測驗是否能掌握對話的重點</td><td>6</td><td>6</td></tr>
<tr><td>3</td><td>說話表現</td><td>邊看圖邊聽說明，選擇適當的話語</td><td>5</td><td>5</td></tr>
<tr><td>4</td><td>即時應答</td><td>聽取單方提問或會話，選擇適當的回答</td><td>6</td><td>6</td></tr>
</table>

其他關於新日檢的各項改革資訊，可逕查閱「日本語能力試驗」官方網站http://www.jlpt.jp/。

台灣地區新日檢相關考試訊息

測驗日期：每年七月及十二月第一個星期日

測驗級數及時間：N1、N2在下午舉行；N3、N4、N5在上午舉行

測驗地點：台北、桃園、台中、高雄

報名時間：第一回約於三～四月左右，第二回約於八～九月左右

實施機構：財團法人語言訓練測驗中心

（02）2365-5050

http://www.lttc.ntu.edu.tw/JLPT.htm

新日檢N5準備要領及合格關鍵

林士鈞老師

新日檢由於設有各科最低標準「基準點」，且聽力一科的分數和過去相比，比重也明顯提高，所以考生在準備時，往往將重點放在聽力。雖非錯誤，但老師認為這樣子捨本逐末，不免容易事倍功半。**請注意！重點在單字！單字！單字！**

先說明以下觀念，再解釋為何單字這麼重要。各位知道為什麼N4、N5要將「**文字・語彙・文法**」歸類為「言語知識」，但又將「言語知識」拆成「言語知識（**文字・語彙**）」、「言語知識（**文法**）・讀解」二堂來考，最後又將這二科計算為一個成績嗎？很複雜，又有點矛盾對不對？

這是因為N4、N5範圍的單字太少了（N4約1500字、N5約800字），如果不分二堂考是沒有辦法出題的，文字、語彙的答案會出現在文法、讀解，考生們就可以前後對照找答案，所以只好拆開來考，但是一起計分。但是，在這一來一往無意間就透漏了，準備單字是N4、N5的上上策，理由有三：

一、單字範圍少，投資報酬率高！

N5範圍單字800字，以數字上來看，似乎不少。但是一般初級教材前期的單字至少有600字，所以如果對於學畢初級課程前期（約《大家的日本語》1～25課）的同學來說，只剩下熟練度的問題。就算學日文時間很短的考生，一天30字的話，800字不用一個月也能記住吧！此外，只要你多花一點時間好好準備單字，一定可在這一科得到接近滿分的分數（60分），幾乎是合格分數的一半了！

二、會再多的文法，也必須看懂題目！

由於N5範圍不大，單字會不停地出現在各科。所以文法、讀解也會不斷出現和文字、語彙相同的單字，只是考法不同罷了。此外，常有考生文法熟悉，但還是沒通過考試，深究之後才發現，問題在於題目看不懂。閱讀能力當然必須有單字基礎才看得懂的，所以更顯得單字重要了吧！

三、聽力不懂，不是耳朵有問題，而是頭腦有問題！

考生擔心聽力，就是因為聽不懂。但是，各位的「耳力」是正常的吧？如果耳力正常，卻聽不懂，是為什麼呢？是「腦力」吧！所以，我說的頭腦有問題，當然不是智力的問題，也不是精神上的問題。而是在大腦語言區裡，不存在某一個單字，自然無法理解那句話，得到的結論就是「聽不懂」，但學生都簡單歸納為「聽力不好」。我建議，先老老實實地記住單字，再練習聽力，絕對有事半功倍之效 **註** 。

N4、N5的考生都屬於日文的「**初心者**（しょしんしゃ）」（初學者），學一個語言，自然應從好好學會單字開始，也許這就是當初設計這樣的考試形式的目的。各位，開始背單字吧！

最後，再給各位一個衷心的建議。利用本書好好準備的話，考試絕對會通過。但老師希望各位是高分通過，而不是低空飛過。原因是N5範圍包含了日文文法中最基礎的部分，考得高分（120分以上），表示基礎文法熟練，接下來考N4絕對不成問題，用功一點的同學甚至明年就可以考N3、N2了。但若是基礎的部分不熟練，之後的路會變得……很遙遠、很漫長！這是過去同學的血淚教訓，請好好記住。

註 如果你認為單字已經記得很熟，但聽力還是無法達到要求的話，問題應該是在「發音」。建議在學習時配合音檔朗誦，大聲唸出自己所有日文教材裡的單字、句子、文章，或是找老師指導，應該能在短時間就能有所進步。

如何使用本書

《新日檢N5模擬試題＋完全解析　新版》依照「日本國際教育支援協會」及「日本國際交流基金會」所公布的新日檢N5範圍內的題型與題數，100%模擬新日檢最新題型，幫助讀者掌握考題趨勢，發揮實力。

STEP 1 測試實力

《新日檢N5模擬試題＋完全解析　新版》共有三回考題。每一回考題均包含實際應試時會考的三科，分別為第一科：言語知識（文字・語彙）；第二科：言語知識（文法）・讀解；第三科：聽解。詳細說明如下：

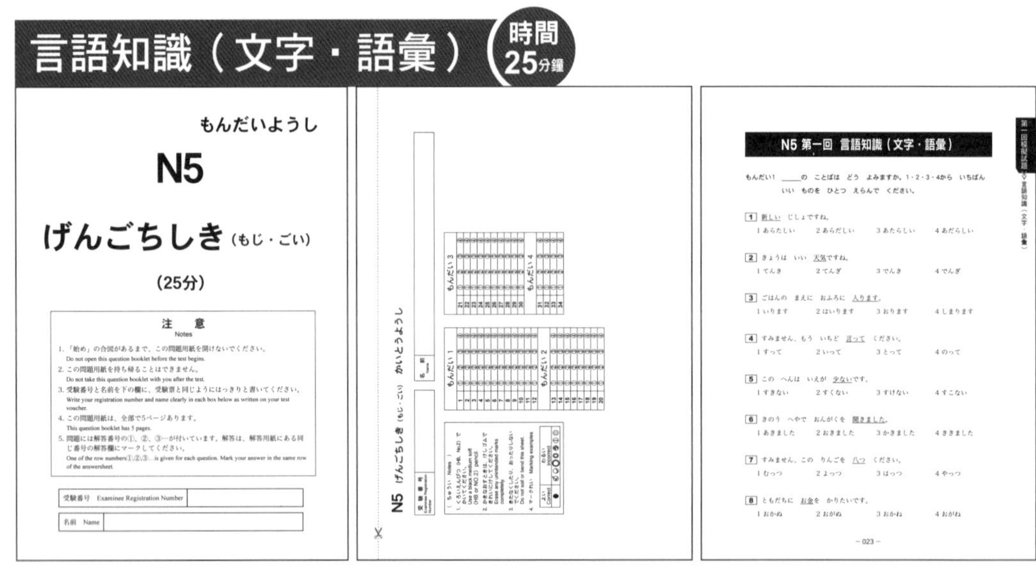

設計仿照實際考試的試題冊及答案卡型式，並完全模擬實際考試時的題型、題數，因此請將作答時間控制在25分之內，確保應試時能在考試時間內完成作答。

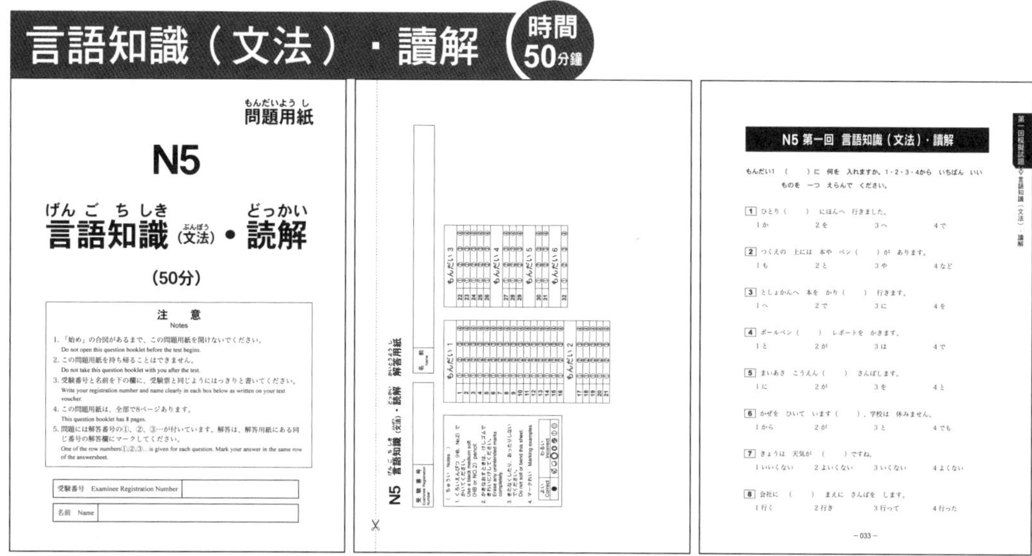

設計仿照實際考試的試題冊及答案卡型式，並完全模擬實際考試時的題型、題數，因此請將作答時間控制在50分之內，確保應試時能在考試時間內完成作答。

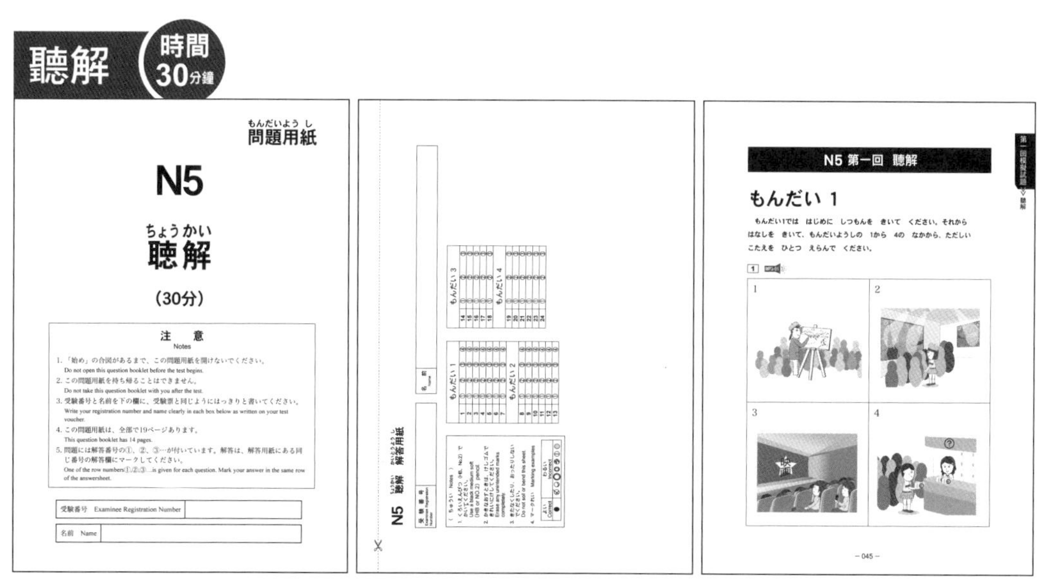

模擬實際考試的試題冊及答案卡，依據實際考試時的題型、題數，並比照正式考試說話速度及標準語調錄製試題。請聆聽試題後立即作答，培養實際應試時的反應速度。

STEP2 厚植實力

在測試完《新日檢N5模擬試題＋完全解析　新版》各回考題後，每一回考題均有解答、中譯、以及林士鈞老師專業的解析，讓您不需再查字典或句型文法書，便能有通盤的了解。聽力部分也能在三回的測驗練習之後，實力大幅提升！

考題解析：言語知識（文字・語彙）

所有試題內容、各選項均做中譯與詳解，不管是長音、短音、促音，還是漢字的音讀或訓讀，只要是考試中容易出現的陷阱，均可在此了解學習上的盲點，掌握自我基本實力。

考題解析：言語知識（文法）・讀解

所有試題內容、各選項均做中譯與詳解，此外，解說中還會補充意思相似或容易誤用的文法幫助分析比較。而文法前後接續固定的詞性、用法、助詞等，也面面俱到地仔細說明，只要熟讀詳解，文法功力必能突飛猛進，讀解自然也不再是難題！

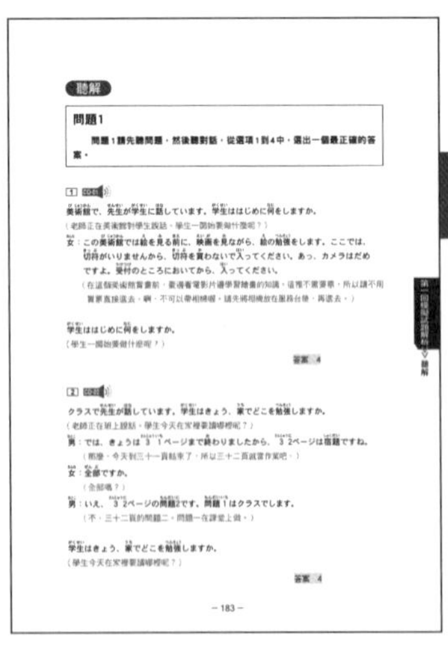

考題解析：聽解

完全收錄聽解試題內容，測驗時聽不懂的地方請務必跟著音檔複誦，多加練習，熟悉日語標準語調及說話速度，提升日語聽解應戰實力。

如何掃描 QR Code 下載音檔

1. 以手機內建的相機或是掃描 QR Code 的 App 掃描封面的 QR Code。
2. 點選「雲端硬碟」的連結之後，進入音檔清單畫面，接著點選畫面右上角的「三個點」。
3. 點選「新增至「已加星號」專區」一欄，星星即會變成黃色或黑色，代表加入成功。
4. 開啟電腦，打開您的「雲端硬碟」網頁，點選左側欄位的「已加星號」。
5. 選擇該音檔資料夾，點滑鼠右鍵，選擇「下載」，即可將音檔存入電腦。

目　次

N5模擬試題解答、翻譯與解析 …… 157

N5

第一回模擬試題

もんだいようし

N5

げんごちしき（もじ・ごい）

（25分）

注　意

Notes

1. 「始め」の合図があるまで、この問題用紙を開けないでください。
   Do not open this question booklet before the test begins.
2. この問題用紙を持ち帰ることはできません。
   Do not take this question booklet with you after the test.
3. 受験番号と名前を下の欄に、受験票と同じようにはっきりと書いてください。
   Write your registration number and name clearly in each box below as written on your test voucher.
4. この問題用紙は、全部で5ページあります。
   This question booklet has 5 pages.
5. 問題には解答番号の①、②、③…が付いています。解答は、解答用紙にある同じ番号の解答欄にマークしてください。
   One of the row numbers①,②,③…is given for each question. Mark your answer in the same row of the answersheet.

受験番号　Examinee Registration Number	

名前　Name	

N5 げんごちしき（もじ・ごい） かいとうようし

受験番号 Examinee Registration Number		名前 Name	

〈 ちゅうい Notes 〉

1. くろいえんぴつ（HB、No.2）でかいてください。
   Use a black medium soft (HB or NO.2) pencil.
2. かきなおすときは、けしゴムできれいにけしてください。
   Erase any unintended marks completely.
3. きたなくしたり、おったりしないでください。
   Do not soil or bend this sheet.
4. マークれい Marking examples

よい Correct	わるい Incorrect
●	⊘ ◒ ◯ ⓪ ⊖ ⦶ ◍

もんだい 1				
1	①	②	③	④
2	①	②	③	④
3	①	②	③	④
4	①	②	③	④
5	①	②	③	④
6	①	②	③	④
7	①	②	③	④
8	①	②	③	④
9	①	②	③	④
10	①	②	③	④
11	①	②	③	④
12	①	②	③	④
もんだい 2				
13	①	②	③	④
14	①	②	③	④
15	①	②	③	④
16	①	②	③	④
17	①	②	③	④
18	①	②	③	④
19	①	②	③	④
20	①	②	③	④

もんだい 3				
21	①	②	③	④
22	①	②	③	④
23	①	②	③	④
24	①	②	③	④
25	①	②	③	④
26	①	②	③	④
27	①	②	③	④
28	①	②	③	④
29	①	②	③	④
30	①	②	③	④
もんだい 4				
31	①	②	③	④
32	①	②	③	④
33	①	②	③	④
34	①	②	③	④
35	①	②	③	④

N5 第一回　言語知識（文字・語彙）

もんだい1　＿＿＿の　ことばは　どう　よみますか。1・2・3・4から　いちばん　いい　ものを　ひとつ　えらんで　ください。

1 新しい　じしょですね。

1 あらたしい　2 あらだしい　3 あたらしい　4 あだらしい

2 きょうは　いい　天気ですね。

1 てんき　2 てんぎ　3 でんき　4 でんぎ

3 ごはんの　まえに　おふろに　入ります。

1 いります　2 はいります　3 おります　4 しまります

4 すみません、もう　いちど　言って　ください。

1 すって　2 いって　3 とって　4 のって

5 この　へんは　いえが　少ないです。

1 すきない　2 すくない　3 すけない　4 すこない

6 きのう　へやで　おんがくを　聞きました。

1 あきました　2 おきました　3 かきました　4 ききました

7 すみません、この　りんごを　八つ　ください。

1 むっつ　2 よっつ　3 はっつ　4 やっつ

8 ともだちに　お金を　かりたいです。

1 おかぬ　2 おがぬ　3 おかね　4 おがね

9 きのう　バナナを　九本　かいました。

1 くほん　　2 くぼん　　3 きゅうほん　　4 きゅうぼん

10 お兄さんは　どんな　ひとですか。

1 おねえさん　　2 おにいさん　　3 おとうさん　　4 おじいさん

11 水よう日に　えいがを　みました。

1 げつようび　　2 かようび　　3 すいようび　　4 もくようび

12 たいわんの　ちちのひは　はちがつ八日です。

1 よっか　　2 ようか　　3 はっか　　4 はちか

もんだい2　＿＿＿の　ことばは　どう　かきますか。1・2・3・4から　いちばん　いい　ものを　ひとつ　えらんで　ください。

13 でぱーとで　シャツを　かいました。

1 デパート　　2 ヂパート　　3 デポート　　4 ヂポート

14 こどもは　そとで　あそんで　います。

1 化　　2 引　　3 外　　4 北

15 ちいさい　とき　よく　ちちと　やまへ　いきました。

1 川　　2 天　　3 田　　4 山

16 テーブルの　うえに　ケーキが　あります。

1 上　　2 止　　3 土　　4 下

17 あの　はなは　<u>くがつ</u>に　さきます。

1 四月　　2 五月　　3 八月　　4 九月

18 がっこうの　<u>にし</u>の　ほうに　こうえんが　あります。

1 東　　2 西　　3 北　　4 南

19 <u>まいにち</u>　にほんごを　べんきょうします。

1 毎朝　　2 毎日　　3 毎週　　4 毎月

20 あそこに　せが　<u>たかい</u>　おとこの　ひとが　たって　います。

1 低い　　2 短い　　3 強い　　4 高い

もんだい3　（　　）に　なにを　いれますか。1・2・3・4から　いちばん　いい　ものを　ひとつ　えらんで　ください。

21 きのう　（　　）　にほんへ　きました。

1 ときどき　　2 はじめて　　3 はじめに　　4 あまり

22 これは　（　　）　てがみですから、なくさないで　ください。

1 たいせつな　　2 いろいろな　　3 まっすぐな　　4 じょうぶな

23 わたしの　（　　）は　せまいですが、きれいです。

1 テレビ　　2 ベッド　　3 アパート　　4 ポケット

24 たいていは　でんしゃで　いきますが、（　　）　バスで　いきます。

1 いつも　　2 いろいろ　　3 だんだん　　4 ときどき

25 わたしは　（　　　）に　のって　がっこうへ　いきます。

1 ちかてつ　　2 きって　　3 でんき　　4 でんわ

26 この　かばんは　もう　ふるいです。（　　　）のを　かいましょう。

1 わかい　　2 みじかい　　3 おもしろい　　4 あたらしい

27 きのうは　おなかが　（　　　）　かいしゃを　やすみました。

1 とおくて　　2 はやくて　　3 おもくて　　4 いたくて

28 この　いすは　ふるいですが、とても　（　　　）です。

1 げんき　　2 じょうぶ　　3 しんせつ　　4 しずか

29 たべものでは　さかなや　（　　　）が　すきです。

1 しょうゆ　　2 にく　　3 さとう　　4 みず

30 ゆうびんきょくの　まえに　くるまが　（　　　）　います。

1 のって　　2 たって　　3 とまって　　4 すわって

もんだい4　＿＿＿の　ぶんと　だいたい　おなじ　いみの　ぶんが　あります。1・2・3・4から　いちばん　いい　ものを　ひとつ　えらんで　ください。

31 <u>ははは　だいどころに　います。</u>

1 ははは　ねて　います。

2 ははは　かいものを　して　います。

3 ははは　およいで　います。

4 ははは　ごはんを　つくって　います。

32 あそこに　けいかんが　います。

1 あそこに　おまわりさんが　います。

2 あそこに　おくさんが　います。

3 あそこに　おいしゃさんが　います。

4 あそこに　おじいさんが　います。

33 わたしの　くにの　なつは　あまり　あつくないです。

1 わたしの　くにの　なつは　とても　さむいです。

2 わたしの　くにの　なつは　とても　あついです。

3 わたしの　くにの　なつは　すこし　さむいです。

4 わたしの　くにの　なつは　すこし　あついです。

34 ゆうべ　えいがを　みました。

1 きのうの　ひる　えいがを　みました。

2 きのうの　よる　えいがを　みました。

3 おとといの　ひる　えいがを　みました。

4 おとといの　よる　えいがを　みました。

35 きむらさんと　たなかさんは　おなじ　かいしゃです。

1 きむらさんと　たなかさんは　いっしょに　べんきょうして　います。

2 きむらさんと　たなかさんは　いっしょに　はたらいて　います。

3 きむらさんと　たなかさんは　いっしょに　さんぽして　います。

4 きむらさんと　たなかさんは　いっしょに　うたを　うたって　います。

もんだいようし
問題用紙

N5

げんごちしき　　　ぶんぽう　　どっかい
言語知識（文法）・読解

（50分）

注　意
Notes

1. 「始め」の合図があるまで、この問題用紙を開けないでください。
Do not open this question booklet before the test begins.
2. この問題用紙を持ち帰ることはできません。
Do not take this question booklet with you after the test.
3. 受験番号と名前を下の欄に、受験票と同じようにはっきりと書いてください。
Write your registration number and name clearly in each box below as written on your test voucher.
4. この問題用紙は、全部で8ページあります。
This question booklet has 8 pages.
5. 問題には解答番号の①、②、③…が付いています。解答は、解答用紙にある同じ番号の解答欄にマークしてください。
One of the row numbers①,②,③…is given for each question. Mark your answer in the same row of the answersheet.

受験番号　Examinee Registration Number	

名前　Name	

N5 言語知識（文法）・読解　解答用紙

受験番号 Examinee Registration Number		名前 Name	

〈 ちゅうい　Notes 〉

1. くろいえんぴつ（HB、No.2）でかいてください。
   Use a black medium soft (HB or NO.2) pencil.
2. かきなおすときは、けしゴムできれいにけしてください。
   Erase any unintended marks completely.
3. きたなくしたり、おったりしないでください。
   Do not soil or bend this sheet.
4. マークれい　Marking examples

よい Correct	わるい Incorrect
●	⊘ ◡ ◯ ⓪ ⊜ ⦶ ◌

もんだい 1				
1	①	②	③	④
2	①	②	③	④
3	①	②	③	④
4	①	②	③	④
5	①	②	③	④
6	①	②	③	④
7	①	②	③	④
8	①	②	③	④
9	①	②	③	④
10	①	②	③	④
11	①	②	③	④
12	①	②	③	④
13	①	②	③	④
14	①	②	③	④
15	①	②	③	④
16	①	②	③	④
もんだい 2				
17	①	②	③	④
18	①	②	③	④
19	①	②	③	④
20	①	②	③	④
21	①	②	③	④

もんだい 3				
22	①	②	③	④
23	①	②	③	④
24	①	②	③	④
25	①	②	③	④
26	①	②	③	④
もんだい 4				
27	①	②	③	④
28	①	②	③	④
29	①	②	③	④
もんだい 5				
30	①	②	③	④
31	①	②	③	④
もんだい 6				
32	①	②	③	④

N5 第一回　言語知識（文法）・讀解

もんだい1　（　　）に　何を　入れますか。1・2・3・4から　いちばん　いい　ものを　一つ　えらんで　ください。

1 ひとり（　　）　にほんへ　行きました。

1 か　　2 を　　3 へ　　4 で

2 つくえの　上には　本や　ペン（　　）が　あります。

1 も　　2 と　　3 や　　4 など

3 としょかんへ　本を　かり（　　）　行きます。

1 へ　　2 で　　3 に　　4 を

4 ボールペン（　　）　レポートを　かきます。

1 と　　2 が　　3 は　　4 で

5 まいあさ　こうえん（　　）　さんぽします。

1 に　　2 が　　3 を　　4 と

6 かぜを　ひいて　います（　　）、学校は　休みません。

1 から　　2 が　　3 と　　4 でも

7 きょうは　天気が　（　　）ですね。

1 いいくない　　2 よいくない　　3 いくない　　4 よくない

8 会社に　（　　）　まえに　さんぽを　します。

1 行く　　2 行き　　3 行って　　4 行った

9 しゅくだいを　（　　　）　あとで、テレビを　見ます。

1 する　　2 して　　3 した　　4 しない

10 （　　　）　とき　ストーブを　つけて　ください。

1 さむい　　2 さむく　　3 さむくて　　4 さむいで

11 そうじして、へやが　（　　　）　なりました。

1 きれい　　2 きれいな　　3 きれいで　　4 きれいに

12 きのうは　（　　　）かったです。

1 あつい　　2 あつく　　3 あつくて　　4 あつ

13 （　　　）に　男の　人が　いますね。

1 どこ　　2 あそこ　　3 あの　　4 あれ

14 じゅぎょうは　何時（　　　）　おわりますか。

1 ごろ　　2 ぐらい　　3 など　　4 か

15 パーティーは　まだ　（　　　）。

1 はじまります　　2 はじまりません

3 はじまりました　　4 はじまって　います

16 あの　へやに　いすは　（　　　）　ありますか。

1 どれ　　2 どの　　3 なに　　4 いくつ

もんだい2　＿★＿に　入る　ものは　どれですか。1・2・3・4から　いちばん　いい　ものを　一つ　えらんで　ください。

17 日本の　＿＿＿　＿★＿　＿＿＿　＿＿＿。

1 聞きません　　2 あまり　　3 は　　4 おんがく

18 しゅくだいが　たくさん　あったから、＿＿＿　＿＿＿　＿＿＿　＿★＿ 見ませんでした。

1 は　　2 テレビ　　3 きのう　　4 を

19 ＿＿＿　＿＿＿　＿＿＿　＿★＿　に　かばんを　かいました。

1 まえ　　2 に　　3 行く　　4 りょこう

20 子どもの　とき、＿＿＿　＿★＿　＿＿＿　＿＿＿。

1 あそびました　　2 だれ　　3 か　　4 と

21 パーティーは　＿＿＿　＿＿＿　＿★＿　＿＿＿。

1 にぎやか　　2 たのしかった　　3 です　　4 で

もんだい3　22 から　26 に　何を　入れますか。1・2・3・4から　いちばん　いい　ものを　一つ　えらんで　ください。

キムさんと　リンさんは　あした　じこしょうかいを　します。二人は じこしょうかいの　ぶんしょうを　書きました。

(1)

みなさん、こんにちは。キムです。韓国から　**22**。

わたしの　しゅみは　テニスです。休みの　日には　いつも　友だち **23** テニスを　します。日本語学校を　そつぎょうしてから、大学に　**24** です。

どうぞ　よろしく　おねがいします。

(2)

はじめまして。リンです。

わたしは　東京大学の　一年生です。今は、学校の　ちかくに　住んでいます。一人で　日本に　いますから、**25** 。

わたしは　旅行が　好きです。休みの　日には　いろいろな　ところへ　行きます。みなさん、**26** 。

どうぞ　よろしく　おねがいします。

22 1 来ます　　2 来ました　　3 行きます　　4 行きました

23 1 に　　2 で　　3 と　　4 へ

24 1 入ります　　2 入りたい　　3 出ます　　4 出たい

25 1 さびしいです　　2 さびしくないです
3 さびしく　ありませんか　　4 さびしく　ありませんでしたか

26 1 行く　ことが　あります　　2 行った　ことが　あります
3 行かないで　ください　　4 いっしょに　行きませんか

もんだい4　つぎの　ぶんを　読んで　しつもんに　こたえて　ください。こたえは
1・2・3・4から　いちばん　いい　ものを　一つ　えらんで　ください。

お知らせ

金よう日の　午後　プールへ　行きます。

行きたい　人は　前の　日に　木村君に　言って　ください。

27 何よう日に　木村君に　言いますか。

1 水よう日に　言います。

2 木よう日に　言います。

3 金よう日に　言います。

4 土よう日に　言います。

山田さんへ

先週は　どうも　ありがとう。借りた　じしょは　電話の　ところに
おきました。それから　きのう　買った　おかしも　おきました。どうぞ
食べて　ください。

11月10日　ミエより

28 ミエさんは　11月10日に　何を　しましたか。

1 じしょを　かえしました。

2 じしょを　かりました。

3 おかしを　かいました。

4 電話を　しました。

<table><tr><td>わたしは　ことしの　3月に　日本へ　来ました。今、おおさかの　アパートに住んで　います。へやは　せまいですが、駅から　ちかいから　べんりです。もっと　ひろい　へやに　住みたいです。でも、せまい　へやは　やすいです。</td></tr></table>

29 ただしい　ものは　どれですか。

1 わたしの　へやは　駅から　ちかいですが、たかいです。

2 わたしの　へやは　駅から　とおいですが、やすいです。

3 わたしの　へやは　やすいですが、せまいです。

4 わたしの　へやは　やすいですが、べんりじゃありません。

もんだい5　つぎの　ぶんを　読んで　しつもんに　こたえて　ください。こたえは　1・2・3・4から　いちばん　いい　ものを　一つ　えらんで　ください。

田中さんは　毎朝　7時半に　起きて、朝ごはんを　食べて、会社へ　行きます。田中さんの　会社は　おおさかに　あります。うちから　会社まで　1時間ぐらい　かかります。毎朝　じてんしゃで　駅まで　行って、そこから　電車に　乗って、おおさかまで　行きます。仕事は　9時から　5時までですが、時々　7時まで　ざんぎょうします。仕事が　終わってから、いつも　友だちと　食事に　行きます。土よう日と　日よう日は　休みです。仕事が　忙しいですから、休みの　日には　どこへも　行かないで、うちで　テレビを　見ながら　ゆっくり　休みます。

30 田中さんは　何で　駅へ　行きますか。

1 じどうしゃで　行きます。

2 歩いて　行きます。

3 バスで　行きます。

4 じてんしゃで　行きます。

31 田中さんは　休みの　日に　何を　しますか。

1 友だちと　食事に　行きます。

2 テレビを　見ます。

3 ざんぎょうします。

4 おおさかへ　行きます。

もんだい6　つぎの　ぶんを　読んで、「電車の　時間」と　「バスの　時間」の表を　見てから、しつもんに　こたえて　ください。こたえは1・2・3・4から　いちばん　いい　ものを　一つ　えらんでください。

あした　河口湖へ　行きます。東京駅から　三島駅まで　電車で　行って、三島駅から　河口湖まで　バスで　行きます。

河口湖に　午後1時ごろ　着きたいです。そして、電車は　速い　ほうがいいです。

電車の　時間

電車	東京駅	→ 三島駅
ベータ2	08：30	10：40
アルファ2	08：50	10：00
ベータ4	09：10	11：20
アルファ4	09：30	10：40

（お金）アルファ：4000円

ベータ：2000円

バスの　時間

三島駅 → 河口湖

10：00	12：00
10：30	12：30
11：00	13：00
11：30	13：30

（お金）2000円

32 電車は　どれに　乗りますか。

1 アルファ2

2 ベータ2

3 アルファ4

4 ベータ4

もんだいようし
問題用紙

N5

ちょうかい
聴解

（30分）

注　　意
Notes

1. 「始め」の合図があるまで、この問題用紙を開けないでください。
   Do not open this question booklet before the test begins.
2. この問題用紙を持ち帰ることはできません。
   Do not take this question booklet with you after the test.
3. 受験番号と名前を下の欄に、受験票と同じようにはっきりと書いてください。
   Write your registration number and name clearly in each box below as written on your test voucher.
4. この問題用紙は、全部で19ページあります。
   This question booklet has 19 pages.
5. 問題には解答番号の①、②、③…が付いています。解答は、解答用紙にある同じ番号の解答欄にマークしてください。
   One of the row numbers①,②,③…is given for each question. Mark your answer in the same row of the answersheet.

受験番号　Examinee Registration Number	

名前　Name	

N5 聴解（ちょうかい） 解答用紙（かいとうようし）

受験番号 Examinee Registration Number	

名前 Name	

〈 ちゅうい Notes 〉

1. くろいえんぴつ（HB、No.2）でかいてください。
   Use a black medium soft（HB or NO.2）pencil.
2. かきなおすときは、けしゴムできれいにけしてください。
   Erase any unintended marks completely.
3. きたなくしたり、おったりしないでください。
   Do not soil or bend this sheet.
4. マークれい Marking examples

よい Correct	わるい Incorrect
●	⊘ ◒ ◯ ◎ ⊜ ⦶ ◌

もんだい 1				
1	①	②	③	④
2	①	②	③	④
3	①	②	③	④
4	①	②	③	④
5	①	②	③	④
6	①	②	③	④
7	①	②	③	④
もんだい 2				
8	①	②	③	④
9	①	②	③	④
10	①	②	③	④
11	①	②	③	④
12	①	②	③	④
13	①	②	③	④

もんだい 3			
14	①	②	③
15	①	②	③
16	①	②	③
17	①	②	③
18	①	②	③
もんだい 4			
19	①	②	③
20	①	②	③
21	①	②	③
22	①	②	③
23	①	②	③
24	①	②	③

N5 第一回 聽解

もんだい 1

もんだい1では　はじめに　しつもんを　きいて　ください。それから　はなしを　きいて、もんだいようしの　1から　4の　なかから、ただしい　こたえを　ひとつ　えらんで　ください。

1 MP3-01

1	2

3	4

2 MP3-02

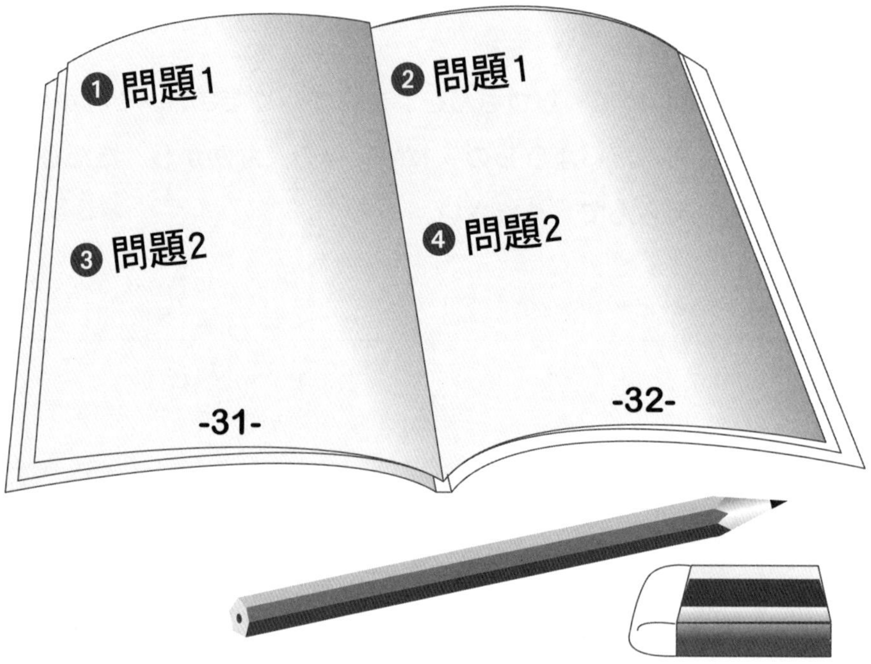

❶ 問題1
❷ 問題1
❸ 問題2
❹ 問題2
-31-
-32-

3 MP3-03

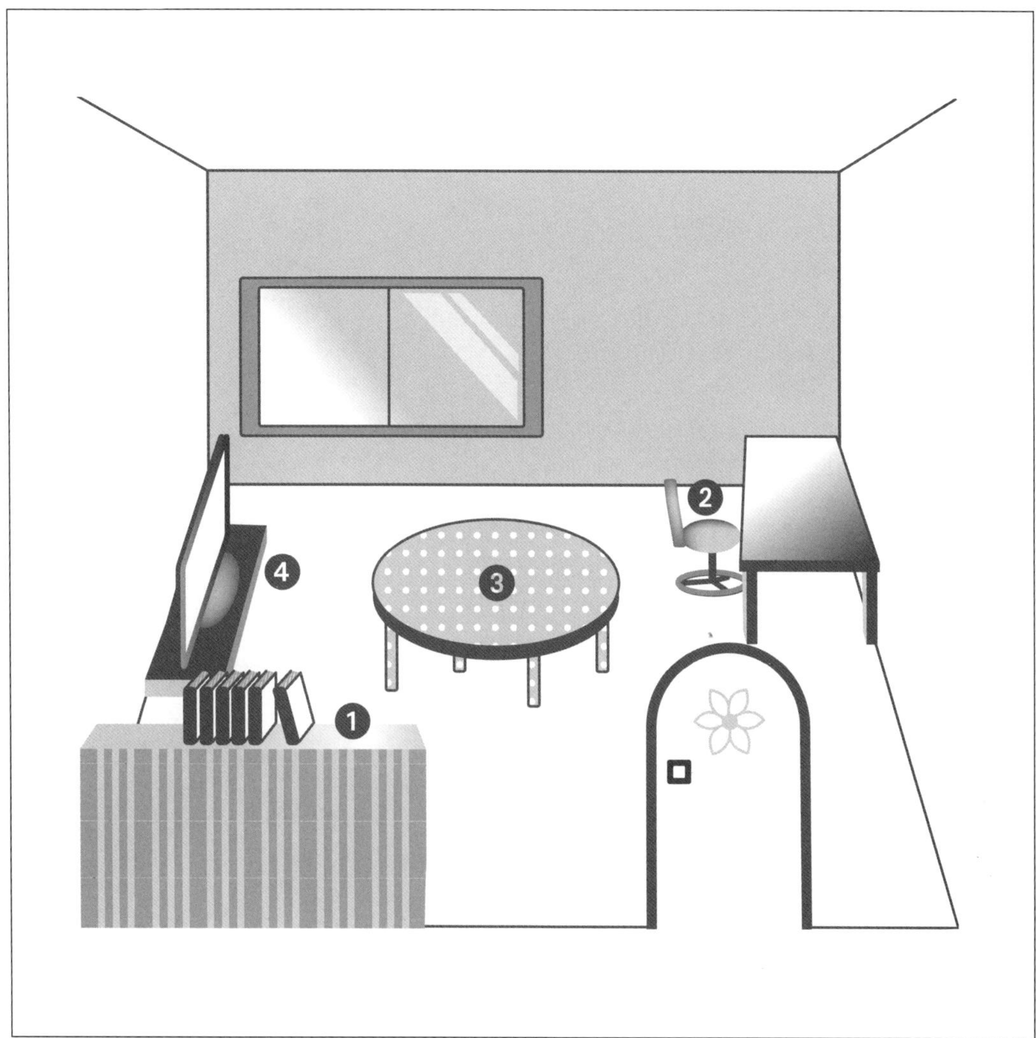

4 MP3-04

1

NIPPON
130
NIPPON
90

2

NIPPON
130
NIPPON
90

3

NIPPON
130
NIPPON
90

4

NIPPON
130
NIPPON
90

5 MP3-05

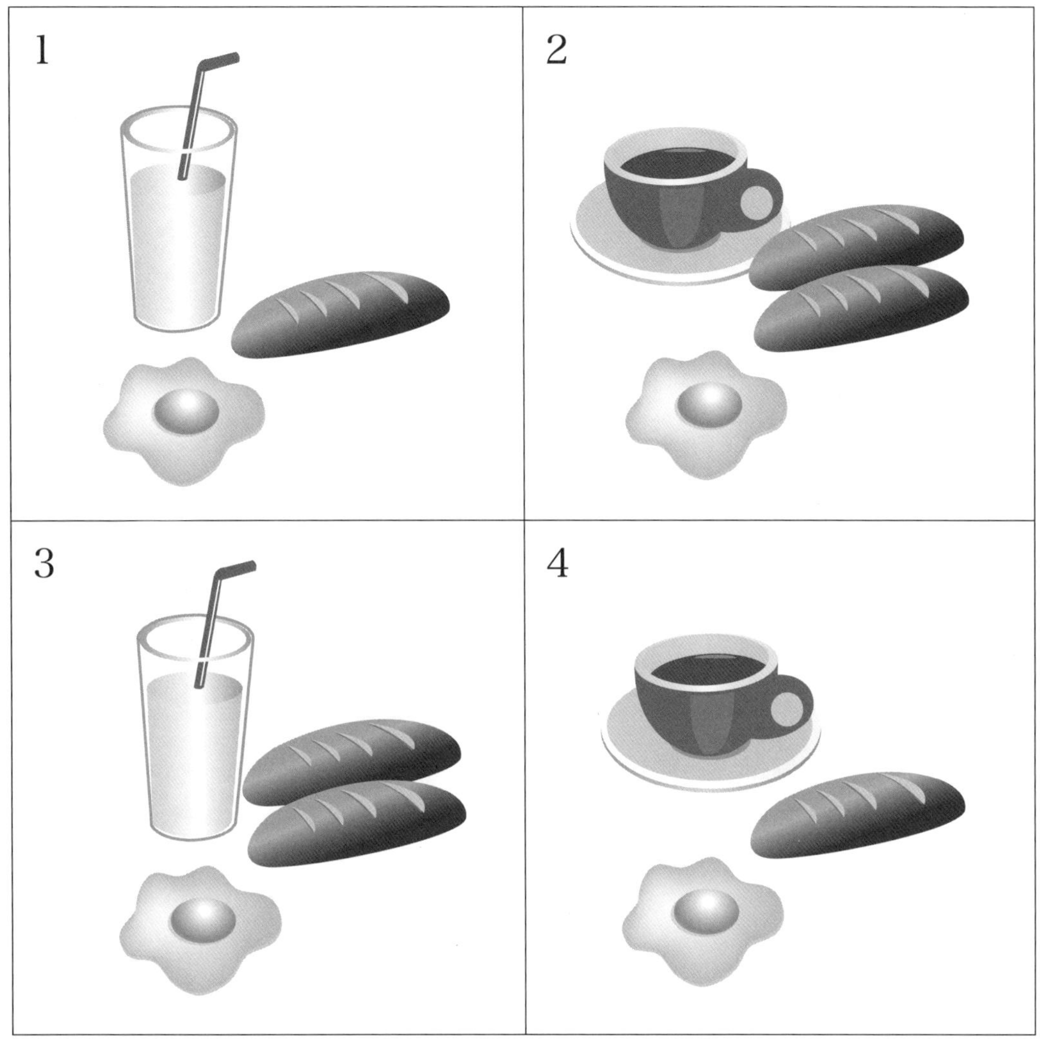

6 MP3-06

1	2
3	4

7 MP3-07

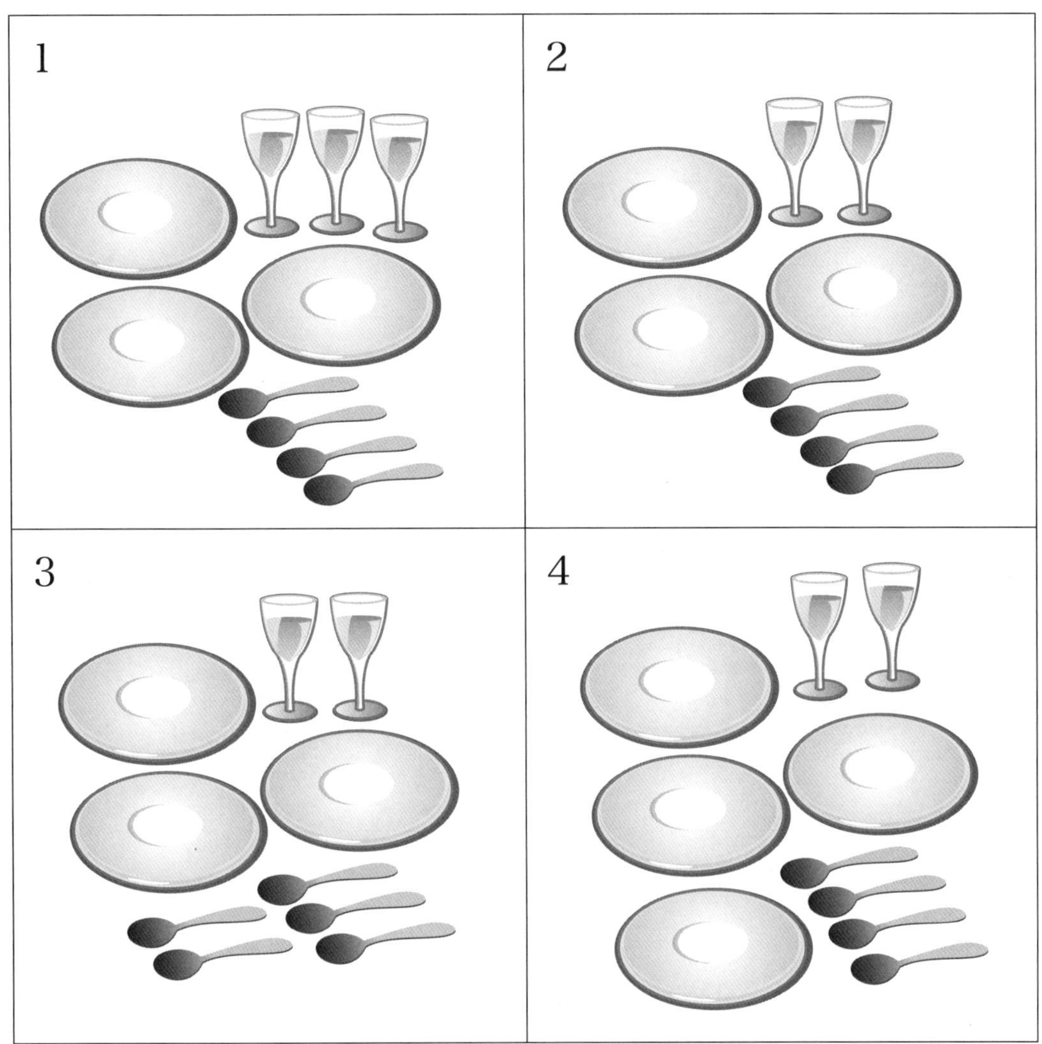

もんだい 2

もんだい2では　はじめに　しつもんを　きいて　ください。それから　はなしを　きいて、もんだいようしの　1から　4の　なかから、ただしい　こたえを　ひとつ　えらんで　ください。

8　MP3-08

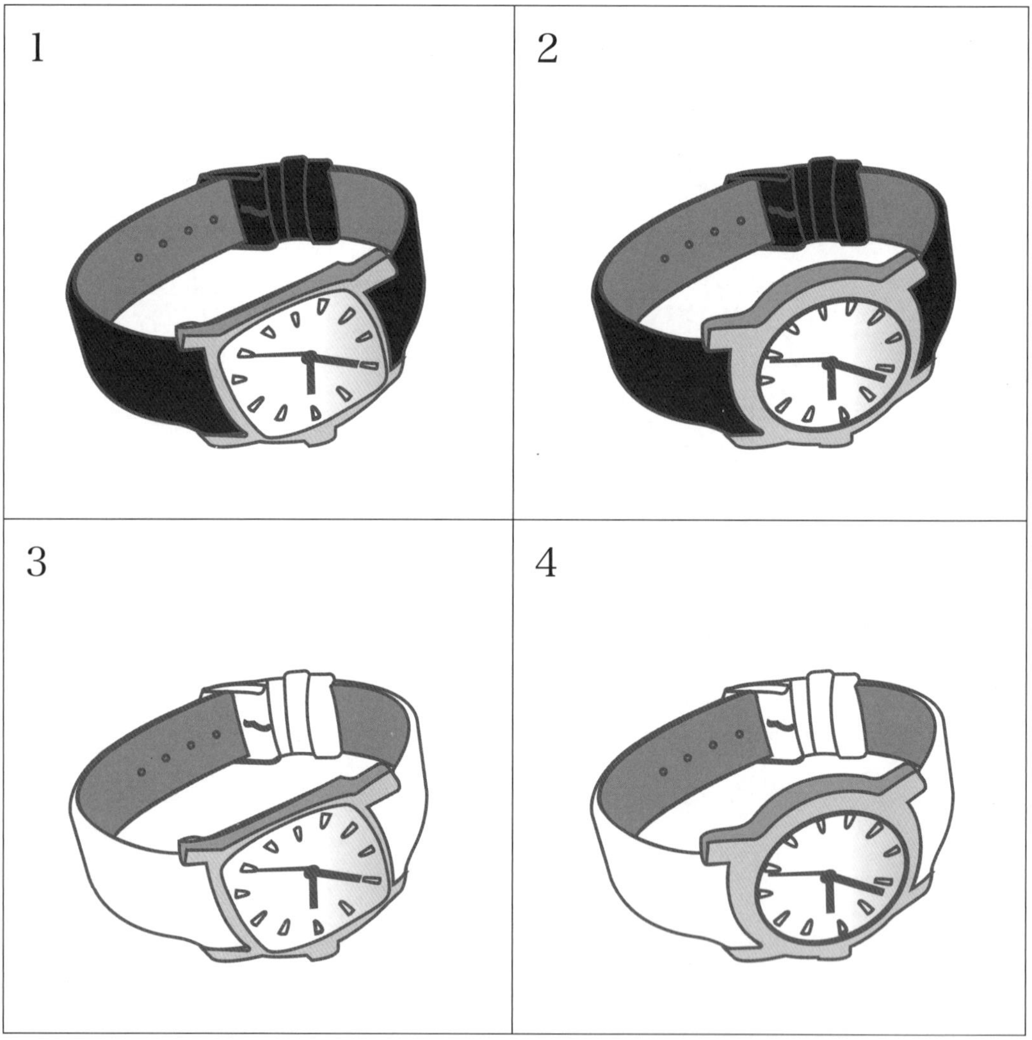

1	2
3	4

9 MP3-09

Calendar
日 月 火 水 木 金 土
1 2
3 4 5 6 7 8 9
1 2 3 4
10 11 12 13 14 15 16
17 18 19 20 21 22 23
24 25 26 27 28 29 30

10 MP3-10

1	2
3	4

11 MP3-11

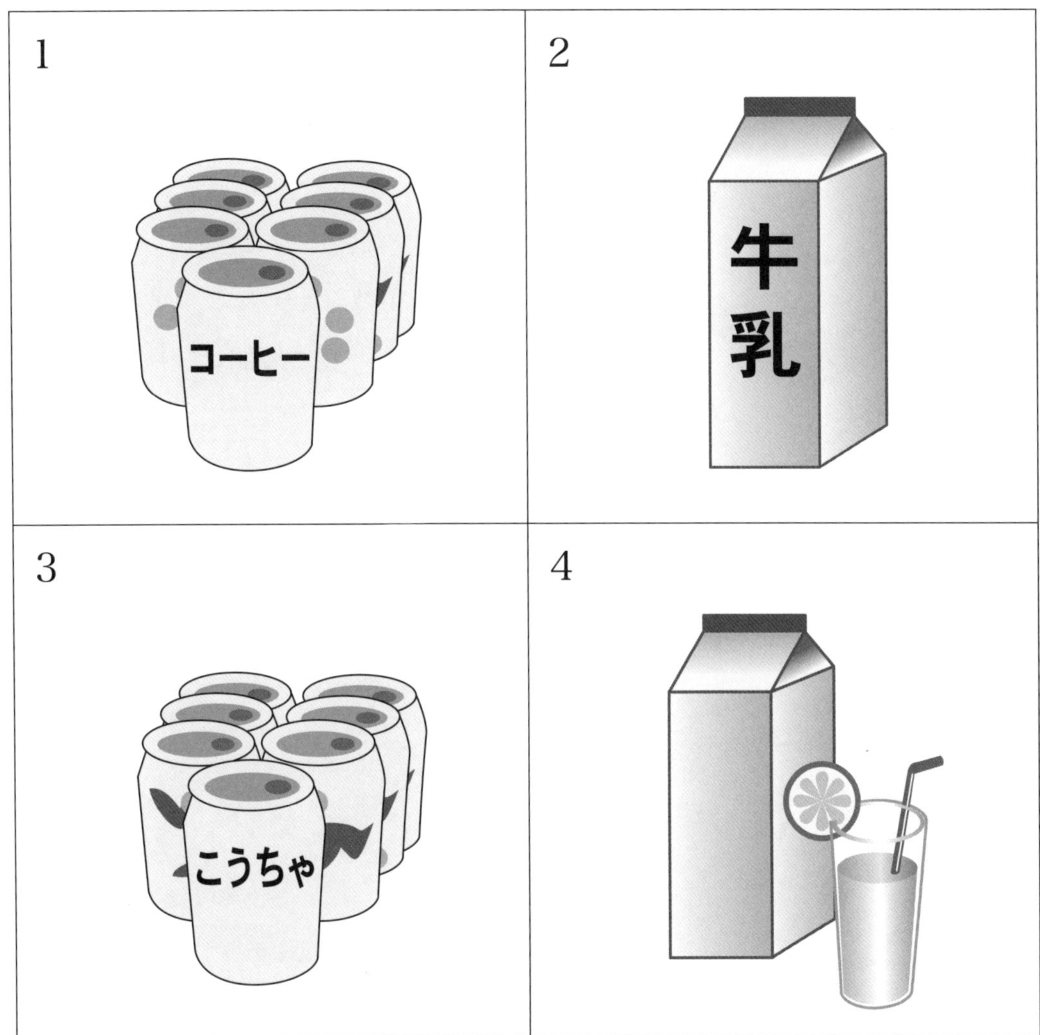

12 MP3-12

1	2
	 ビール
3	4
	 channel

13 MP3-13

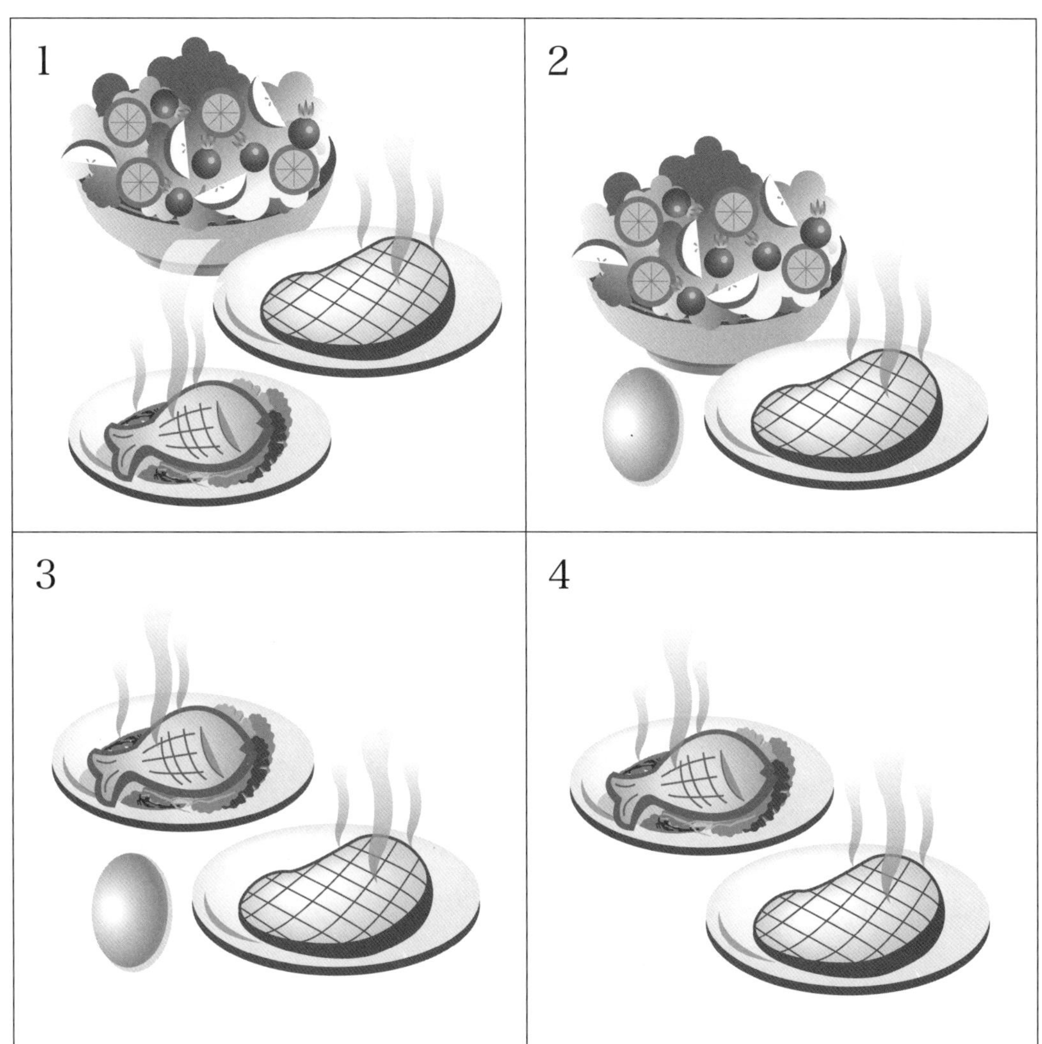

もんだい3

もんだい3では、えを　みながら　しつもんを　きいて　ください。それから　ただしい　こたえを　1から　3の　なかから、ひとつ　えらんで　ください。

14 MP3-14

15 MP3-15

16 MP3-16

17 MP3-17

18 MP3-18

もんだい4

もんだい4には、えなどが　ありません。ぶんを　きいて、1から　3の なかから　ただしい　こたえを　ひとつ　えらんで　ください。

— メモ —

21 MP3-21

22 MP3-22

23 MP3-23

24 MP3-24

N5

第二回模擬試題

もんだいようし

N5

げんごちしき（もじ・ごい）

（25分）

注　　意
Notes

1.「始め」の合図があるまで、この問題用紙を開けないでください。
Do not open this question booklet before the test begins.
2. この問題用紙を持ち帰ることはできません。
Do not take this question booklet with you after the test.
3. 受験番号と名前を下の欄に、受験票と同じようにはっきりと書いてください。
Write your registration number and name clearly in each box below as written on your test voucher.
4. この問題用紙は、全部で5ページあります。
This question booklet has 5 pages.
5. 問題には解答番号の①、②、③…が付いています。解答は、解答用紙にある同じ番号の解答欄にマークしてください。
One of the row numbers①,②,③…is given for each question. Mark your answer in the same row of the answersheet.

受験番号　Examinee Registration Number	

名前　Name	

N5 げんごちしき（もじ・ごい） かいとうようし

受験番号 Examinee Registration Number	

名前 Name	

〈 ちゅうい Notes 〉

1. くろいえんぴつ（HB、No.2）でかいてください。
   Use a black medium soft (HB or NO.2) pencil.
2. かきなおすときは、けしゴムできれいにけしてください。
   Erase any unintended marks completely.
3. きたなくしたり、おったりしないでください。
   Do not soil or bend this sheet.
4. マークれい Marking examples

よい Correct	わるい Incorrect
●	⊘ ◒ ◎ ⓪ ⊜ ⦶ ◍

もんだい 1				
1	①	②	③	④
2	①	②	③	④
3	①	②	③	④
4	①	②	③	④
5	①	②	③	④
6	①	②	③	④
7	①	②	③	④
8	①	②	③	④
9	①	②	③	④
10	①	②	③	④
11	①	②	③	④
12	①	②	③	④

もんだい 2				
13	①	②	③	④
14	①	②	③	④
15	①	②	③	④
16	①	②	③	④
17	①	②	③	④
18	①	②	③	④
19	①	②	③	④
20	①	②	③	④

もんだい 3				
21	①	②	③	④
22	①	②	③	④
23	①	②	③	④
24	①	②	③	④
25	①	②	③	④
26	①	②	③	④
27	①	②	③	④
28	①	②	③	④
29	①	②	③	④
30	①	②	③	④

もんだい 4				
31	①	②	③	④
32	①	②	③	④
33	①	②	③	④
34	①	②	③	④
35	①	②	③	④

N5 第二回 言語知識（文字・語彙）

もんだい1 ＿＿＿の ことばは どう よみますか。1・2・3・4から いちばん いい ものを ひとつ えらんで ください。

1 ひるごはんは 食堂で たべます。

1 しょくとう　2 しょくどう　3 しょうくとう　4 しょうくどう

2 空が あおいですね。

1 あき　2 うみ　3 そら　4 はる

3 わたしは にほんで 生まれました。

1 うまれました　2 ふまれました　3 つまれました　4 くまれました

4 この とけいは 安いです。

1 せまい　2 ふるい　3 たかい　4 やすい

5 にわに 木が あります。

1 ほん　2 まど　3 と　4 き

6 白い ぼうしが すきです。

1 くるい　2 くろい　3 しるい　4 しろい

7 いまは ごご にじ一分です。

1 いちふん　2 いちぶん　3 いっふん　4 いっぷん

8 のどが かわきましたから、水を のみました。

1 みず　2 さけ　3 すい　4 ちゃ

9 あなたの　<u>国</u>は　どちらですか。

1 にく　　2 くに　　3 こく　　4 ごく

10 いもうとは　ことし　<u>大学</u>に　はいります。

1 たいかく　　2 たいがく　　3 だいかく　　4 だいがく

11 <u>土よう日</u>に　ともだちと　あいます。

1 きんようび　　2 とようび　　3 どようび　　4 にちようび

12 らいげつの　<u>二日</u>は　なんようびですか。

1 ついたち　　2 よっか　　3 みっか　　4 ふつか

もんだい2　＿＿＿の　ことばは　どう　かきますか。1・2・3・4から　いちばん　いい　ものを　ひとつ　えらんで　ください。

13 ちいさい　<u>かめら</u>が　ほしいです。

1 カヌウ　　2 カメウ　　3 カヌラ　　4 カメラ

14 あそこに　<u>たって</u>　いる　ひとは　あにです。

1 立って　　2 並って　　3 丘って　　4 赤って

15 <u>くるま</u>の　うしろに　こどもが　います。

1 中　　2 東　　3 車　　4 東

16 おとうとは　<u>くろい</u>　ズボンを　はいて　います。

1 青い　　2 赤い　　3 白い　　4 黒い

17 <u>ことし</u>　はははは　60さいに　なります。

1 来年　　2 今年　　3 去年　　4 近年

18 <u>おねえさん</u>は　なにを　して　いますか。

1 お母さん　　2 お父さん　　3 お兄さん　　4 お姉さん

19 がいこくじんと　えいごで　<u>はなし</u>を　します。

1 話　　2 語　　3 説　　4 講

20 あなたの　<u>みぎがわ</u>の　人は　だれですか。

1 右がわ　　2 北がわ　　3 左がわ　　4 西がわ

もんだい3　（　　）に　なにを　いれますか。1・2・3・4から　いちばん　いい　ものを　ひとつ　えらんで　ください。

21 てを　（　　）から　ごはんを　たべます。

1 あらって　　2 みがいて　　3 せんたくして　　4 そうじして

22 あたらしい　ことばを　（　　）。

1 つとめます　　2 なります　　3 もちます　　4 おぼえます

23 にちようびに　やまに　（　　）。

1 のりました　　2 のぼりました　　3 あけました　　4 あげました

24 きょうは　（　　）です。あしたは　よっかです。

1 ふつか　　2 みっか　　3 いつか　　4 むいか

25 ラジオを　きく　とき、この　ボタンを　（　　　）　ください。

1 ひいて　　2 おして　　3 しめて　　4 しまって

26 かじですから、ここから　（　　　）　でて　ください。

1 ゆっくり　　2 すぐに　　3 たぶん　　4 もっと

27 わたしは　いつも　11じに　ねて　7じに　（　　　）。

1 あきます　　2 おきます　　3 ききます　　4 ひきます

28 おとうさんの　おとこの　きょうだいは　（　　　）です。

1 おじさん　　2 おじいさん　　3 おばさん　　4 おばあさん

29 つよい　（　　　）が　ふいて　います。

1 かぜ　　2 あめ　　3 くも　　4 ゆき

30 わたしの　ちちは　まいあさ　しんぶんを　（　　　）。

1 みます　　2 ききます　　3 よみます　　4 たべます

もんだい4　＿＿＿の　ぶんと　だいたい　おなじ　いみの　ぶんが　あります。1・2・3・4から　いちばん　いい　ものを　ひとつ　えらんで　ください。

31 かさを　かして　ください。

1 かさを　かしたいです。

2 かさを　かりたいです。

3 かさを　かえしたいです。

4 かさを　かいたいです。

32 せんたくを　して　ください。

1 からだを　きれいに　あらって　ください。

2 ふくを　きれいに　あらって　ください。

3 へやを　きれいに　して　ください。

4 かおを　きれいに　して　ください。

33 たなかさん「いってまいります」

1 たなかさんは　これから　ごはんを　たべます。

2 たなかさんは　これから　でかけます。

3 たなかさんは　ごはんを　たべました。

4 たなかさんは　うちへ　かえって　きました。

34 わたしは　スーパーに　つとめて　います。

1 わたしは　スーパーで　かいものを　して　います。

2 わたしは　スーパーで　さんぽを　して　います。

3 わたしは　スーパーで　しごとを　して　います。

4 わたしは　スーパーで　やすんで　います。

35 じゅぎょうは　もうすぐ　おわります。

1 じゅぎょうは　まだ　はじまりません。

2 じゅぎょうは　まだ　おわって　いません。

3 じゅぎょうは　いま　はじまりました。

4 じゅぎょうは　いま　おわりました。

もんだいようし
問題用紙

N5

げんごちしき　ぶんぽう　どっかい
言語知識（文法）・読解

（50分）

注　意
Notes

1. 「始め」の合図があるまで、この問題用紙を開けないでください。
   Do not open this question booklet before the test begins.
2. この問題用紙を持ち帰ることはできません。
   Do not take this question booklet with you after the test.
3. 受験番号と名前を下の欄に、受験票と同じようにはっきりと書いてください。
   Write your registration number and name clearly in each box below as written on your test voucher.
4. この問題用紙は、全部で8ページあります。
   This question booklet has 8 pages.
5. 問題には解答番号の①、②、③…が付いています。解答は、解答用紙にある同じ番号の解答欄にマークしてください。
   One of the row numbers①,②,③…is given for each question. Mark your answer in the same row of the answersheet.

受験番号　Examinee Registration Number	

名前　Name	

N5 言語知識（文法）・読解 解答用紙

受験番号 Examinee Registration Number	

名前 Name	

〈 ちゅうい Notes 〉

1. くろいえんぴつ（HB、No.2）でかいてください。
   Use a black medium soft (HB or NO.2) pencil.
2. かきなおすときは、けしゴムできれいにけしてください。
   Erase any unintended marks completely.
3. きたなくしたり、おったりしないでください。
   Do not soil or bend this sheet.
4. マークれい Marking examples

よい Correct	わるい Incorrect
●	⊗ ◒ ◯ ⓪ ⊜ ⦶ ○

もんだい 1				
1	①	②	③	④
2	①	②	③	④
3	①	②	③	④
4	①	②	③	④
5	①	②	③	④
6	①	②	③	④
7	①	②	③	④
8	①	②	③	④
9	①	②	③	④
10	①	②	③	④
11	①	②	③	④
12	①	②	③	④
13	①	②	③	④
14	①	②	③	④
15	①	②	③	④
16	①	②	③	④
もんだい 2				
17	①	②	③	④
18	①	②	③	④
19	①	②	③	④
20	①	②	③	④
21	①	②	③	④

もんだい 3				
22	①	②	③	④
23	①	②	③	④
24	①	②	③	④
25	①	②	③	④
26	①	②	③	④
もんだい 4				
27	①	②	③	④
28	①	②	③	④
29	①	②	③	④
もんだい 5				
30	①	②	③	④
31	①	②	③	④
もんだい 6				
32	①	②	③	④

N5 第二回 言語知識（文法）・讀解

もんだい1 （　　）に 何を 入れますか。1・2・3・4から いちばん いい ものを 一つ えらんで ください。

1 わたしは 社長（　　） 30分 話しました。

1 へ　　2 を　　3 と　　4 で

2 その りんごは 3つ（　　） 500円です。

1 の　　2 で　　3 に　　4 を

3 会社（　　） バスで 40分 かかります。

1 を　　2 で　　3 が　　4 まで

4 でんしゃは バス（　　） はやいです。

1 まで　　2 でも　　3 から　　4 より

5 あには びょうきで 1か月（　　） 会社を 休みました。

1 ごろ　　2 ぐらい　　3 まで　　4 など

6 兄は まいにち ぎゅうにゅう（　　） のんで 学校へ 行きます。

1 しか　　2 だけ　　3 が　　4 に

7 ここに にもつを （　　）ないで ください。

1 おか　　2 おき　　3 おく　　4 おけ

8 電話を （　　）から、友だちの うちに 行きます。

1 する　　2 して　　3 した　　4 しない

9 （　　）ながら、話しましょう。

1 食べる　　2 食べて　　3 食べた　　4 食べ

10 この　へやは　あまり　（　　）ないです。

1 ひろい　　2 ひろく　　3 ひろくて　　4 ひろ

11 いっしょに　お茶を　（　　）ませんか。

1 飲む　　2 飲み　　3 飲んだ　　4 飲んで

12 ゆっくり　休みましたから、（　　）　なりました。

1 げんき　　2 げんきで　　3 げんきに　　4 げんきな

13 ぎんこうは　まだ　（　　）。早く　行きましょう。

1 あきます　　2 あきません　　3 あきました　　4 あいて　います

14 ジュースは　ぜんぶ　飲みましたから、（　　）　ありません。

1 まだ　　2 もう　　3 よく　　4 とても

15 きのうは　（　　）　あつくなかったです。

1 とても　　2 たくさん　　3 よく　　4 あまり

16 なつ休みは　（　　）　ありますか。

1 いくら　　2 どれ　　3 どちら　　4 どの　ぐらい

もんだい2 ＿★＿に　入る　ものは　どれですか。1・2・3・4から　いちばん
いい　ものを　一つ　えらんで　ください。

17 あした　＿＿　＿★＿　＿＿　＿＿　行きませんか。

1 プール　　2 に　　3 およぎ　　4 へ

18 ここに　＿＿　＿★＿　＿＿　＿＿　書いて　あります。

1 木村さん　　2 電話ばんごう　　3 が　　4 の

19 この　へんは　＿＿　＿＿　＿＿　＿★＿　スーパーなどが
あるから、べんりです。

1 レストラン　　2 に　　3 や　　4 ちかく

20 会社に　行く　＿＿　＿＿　＿★＿　＿＿　に　あいました。

1 電車の　　2 田中さん　　3 とき　　4 中で

21 きょうの　＿★＿　＿＿　＿＿　＿＿。

1 は　　2 テスト　　3 できました　　4 よく

もんだい3 **22** から **26** に　何を　入れますか。1・2・3・4から　いちばん　いい　ものを　一つ　えらんで　ください。

> 7月8日（火）
>
> 　きょうは　朝　早く　起きて、ハレイワの　小さい　村 **22** 　行きました。ホノルルから　ハレイワまで、バスで　2時間ぐらい　**23**。ホノルルには　日本人が　たくさん　いました **24** 、ハレイワの　村には、日本人は　私ひとりだけでした。
>
> 　昼ごはんは　村の　小さい　レストラン **25** 　ハワイの　家庭料理を　食べました。ワインも　飲みました。とても　**26**。

22 1 へ　　2 と　　3 で　　4 の

23 1 かかりました　　2 かけました　　3 あがりました　　4 あげました

24 1 でも　　2 ので　　3 のに　　4 が

25 1 が　　2 に　　3 で　　4 を

26 1 おいしいかったです　　2 おいしかったでした
3 おいしいでした　　4 おいしかったです

もんだい4　つぎの　ぶんを　読んで　しつもんに　こたえて　ください。こたえは　1・2・3・4から　いちばん　いい　ものを　一つ　えらんで　ください。

> キムさんへ
> 　キムさんに　かりた　本は　あさって　もって　いきます。
> 　それから　かした　ざっしは　もう　よみましたから、ゆっくり　よんで　ください。
>
> 6月7日　えみ

27 えみさんは　あさって　何を　すると　書いて　ありますか。

1 ざっしを　よみます。
2 本を　かえします。
3 ざっしを　かします。
4 本を　かります。

> アパートの　みなさんへ
> 　こんしゅうの　木よう日の　午前10時から　午後4時まで　でんきが　とまりますから、エレベーターを　つかわないで　ください。かいだんを　つかって　ください。

28 こんしゅうの　木よう日、アパートの　人は　そとに　出る　とき、どう　しますか。

1 午前9時に　そとに　出る　人は　かいだんを　つかいます。
2 午前11時に　そとに　出る　人は　エレベーターを　つかいます。
3 午後3時に　そとに　出る　人は　かいだんを　つかいます。
4 午後5時に　そとに　出る　人は　エレベーターを　つかいません。

佐藤先生へ

父が　水よう日に　国から　来ます。空港へ　迎えに　行きますから、あした　学校を　休みます。それで、レポートは　あさって　出します。

4月20日　木村次郎

29 木村さんは　いつ　レポートを　出しますか。

1 火よう日に　出します。

2 水よう日に　出します。

3 木よう日に　出します。

4 金よう日に　出します。

もんだい5　つぎの　ぶんを　読んで　しつもんに　こたえて　ください。こたえは　1・2・3・4から　いちばん　いい　ものを　一つ　えらんで　ください。

わたしは　台湾人で、22さいです。あたらしい　ものを　みる　ことが　すきですから、1年に　2回　がいこくを　りょこうします。きょねんは　おおさかへ　行きました。わたしは　にぎやかな　まちが　すきですから、おおさかも　すきです。おおさかの　人は　親切でした。でも、そのときは　日本語が　わかりませんでしたから　おおさかの　人と　何も　はなしませんでした。ざんねんでした。それで、とうきょうに　日本語を　べんきょうしに　来ました。

30 この　人は　どうして　おおさかが　すきですか。

1 おおさかの　人と　何も　はなしませんでしたから。

2 あたらしい　ものを　みる　ことが　できますから。

3 りょうりが　おいしいですから。

4 にぎやかですから。

31 いちばん　いい　ものは　どれですか。

1 この　人は　こんど　とうきょうへ　行きます。

2 この　人は　いま　とうきょうに　います。

3 この　人は　おおさかで　日本語を　べんきょうしました。

4 この　人は　日本語を　べんきょうしてから、とうきょうへ　来ました。

もんだい6　つぎの　ぶんと　「ゆりこさんの　日よう日の　スケジュール」、「あすかさんの　日よう日の　スケジュール」を　読んで、しつもんに　こたえて　ください。こたえは　1・2・3・4から　いちばん　いい　ものを　一つ　えらんで　ください。

ゆりこさんは　日よう日に　あすかさんと　食事を　します。久しぶりですから、食べながら　ゆっくり　話したいです。

ゆりこさんの　日よう日の　スケジュール

10：00	起きます。
10：30 ～ 12：00	泳ぎます。
12：20 ～ 13：00	昼ごはんを　食べます。
13：30 ～ 14：00	昼ねします。
14：30 ～ 16：30	買い物します。

あすかさんの　日よう日の　スケジュール

07：00	起きます。
08：00 ～ 12：00	アルバイトします。
12：00 ～ 12：30	昼ごはんを　食べます。
13：00 ～ 16：00	英語を　勉強します。
18：30 ～ 21：00	映画を　見ます。

32 ゆりこさんは　いつ　あすかさんと　食事を　しますか。

1 12時です。

2 12時30分です。

3 午後4時です。

4 午後5時です。

もんだいようし
問題用紙

N5

ちょうかい
聴解

（30分）

注　　意
Notes

1. 「始め」の合図があるまで、この問題用紙を開けないでください。
   Do not open this question booklet before the test begins.
2. この問題用紙を持ち帰ることはできません。
   Do not take this question booklet with you after the test.
3. 受験番号と名前を下の欄に、受験票と同じようにはっきりと書いてください。
   Write your registration number and name clearly in each box below as written on your test voucher.
4. この問題用紙は、全部で16ページあります。
   This question booklet has 16 pages.
5. 問題には解答番号の①、②、③…が付いています。解答は、解答用紙にある同じ番号の解答欄にマークしてください。
   One of the row numbers①,②,③…is given for each question. Mark your answer in the same row of the answersheet.

受験番号　Examinee Registration Number	

名前　Name	

N5 聴解（ちょうかい） 解答用紙（かいとうようし）

受験番号 Examinee Registration Number	

名前 Name	

〈 ちゅうい Notes 〉

1. くろいえんぴつ（HB、No.2）でかいてください。
   Use a black medium soft (HB or NO.2) pencil.
2. かきなおすときは、けしゴムできれいにけしてください。
   Erase any unintended marks completely.
3. きたなくしたり、おったりしないでください。
   Do not soil or bend this sheet.
4. マークれい Marking examples

よい Correct	わるい Incorrect
●	⊘ ◡ ◯ ◎ ⊜ ⦶ ○

もんだい 1				
1	①	②	③	④
2	①	②	③	④
3	①	②	③	④
4	①	②	③	④
5	①	②	③	④
6	①	②	③	④
7	①	②	③	④
もんだい 2				
8	①	②	③	④
9	①	②	③	④
10	①	②	③	④
11	①	②	③	④
12	①	②	③	④
13	①	②	③	④

もんだい 3			
14	①	②	③
15	①	②	③
16	①	②	③
17	①	②	③
18	①	②	③
もんだい 4			
19	①	②	③
20	①	②	③
21	①	②	③
22	①	②	③
23	①	②	③
24	①	②	③

N5 第二回　聴解

もんだい 1

もんだい1では　はじめに　しつもんを　きいて　ください。それから　はなしを　きいて、もんだいようしの　1から　4の　なかから、ただしい　こたえを　ひとつ　えらんで　ください。

1　MP3-25

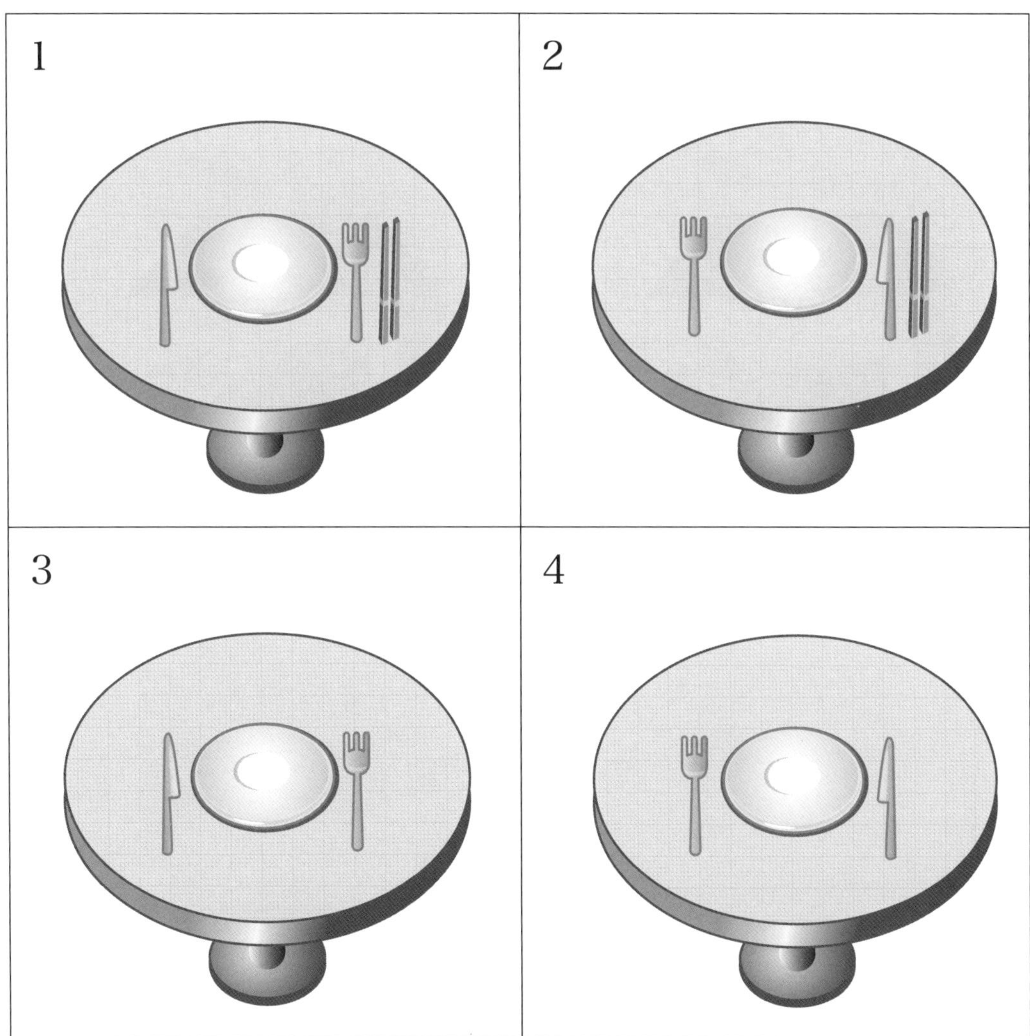

2 MP3-26

1	2
緑	 ミドリ
3	4
 みどり	midori

3 MP3-27

4 MP3-28

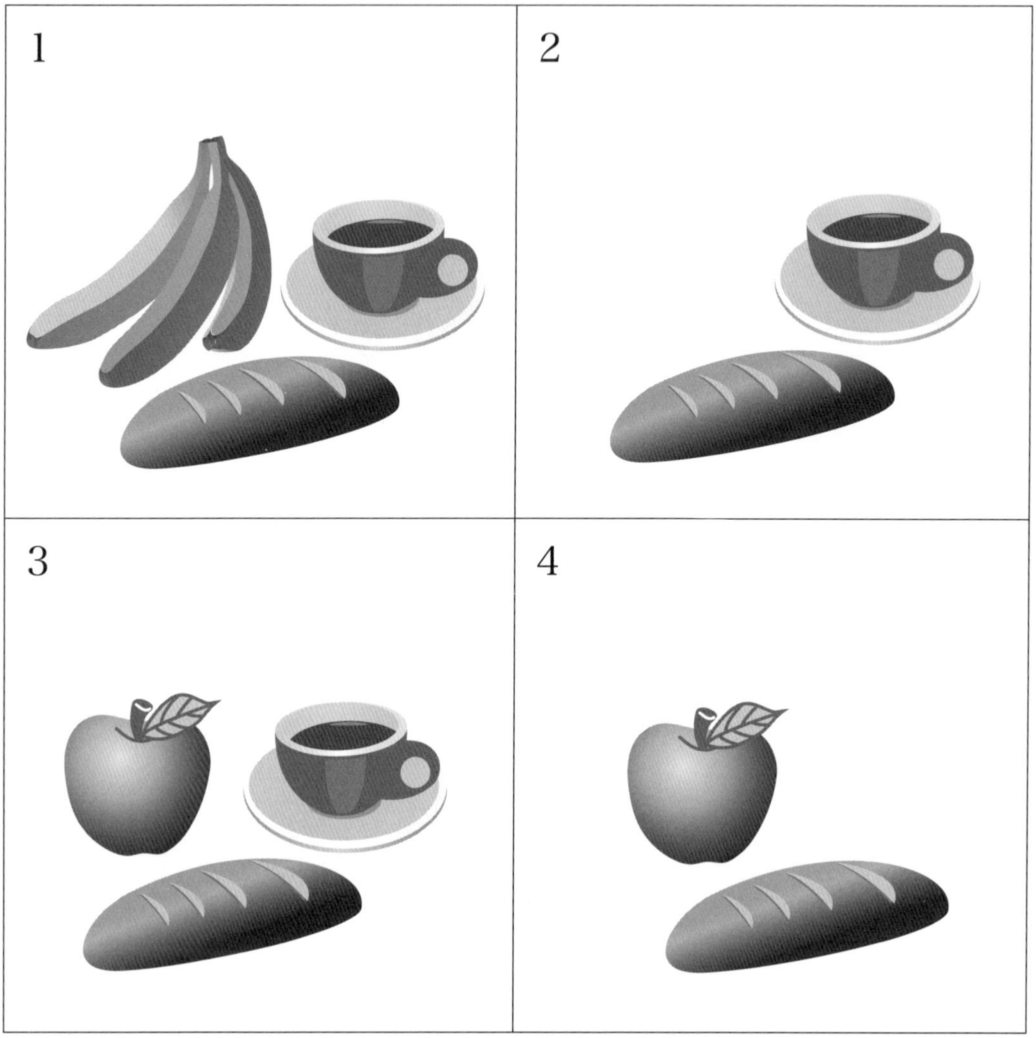

1	2
3	4

5 MP3-29

1 木よう日

2 金よう日

3 土よう日

4 日よう日

6 MP3-30

1 四日です。

2 五日です。

3 六日です。

4 七日です。

7 MP3-31

1	2
3	4

もんだい 2

もんだい2では　はじめに　しつもんを　きいて　ください。それから　はなしを　きいて、もんだいようしの　1から　4の　なかから、ただしい　こたえを　ひとつ　えらんで　ください。

8 MP3-32

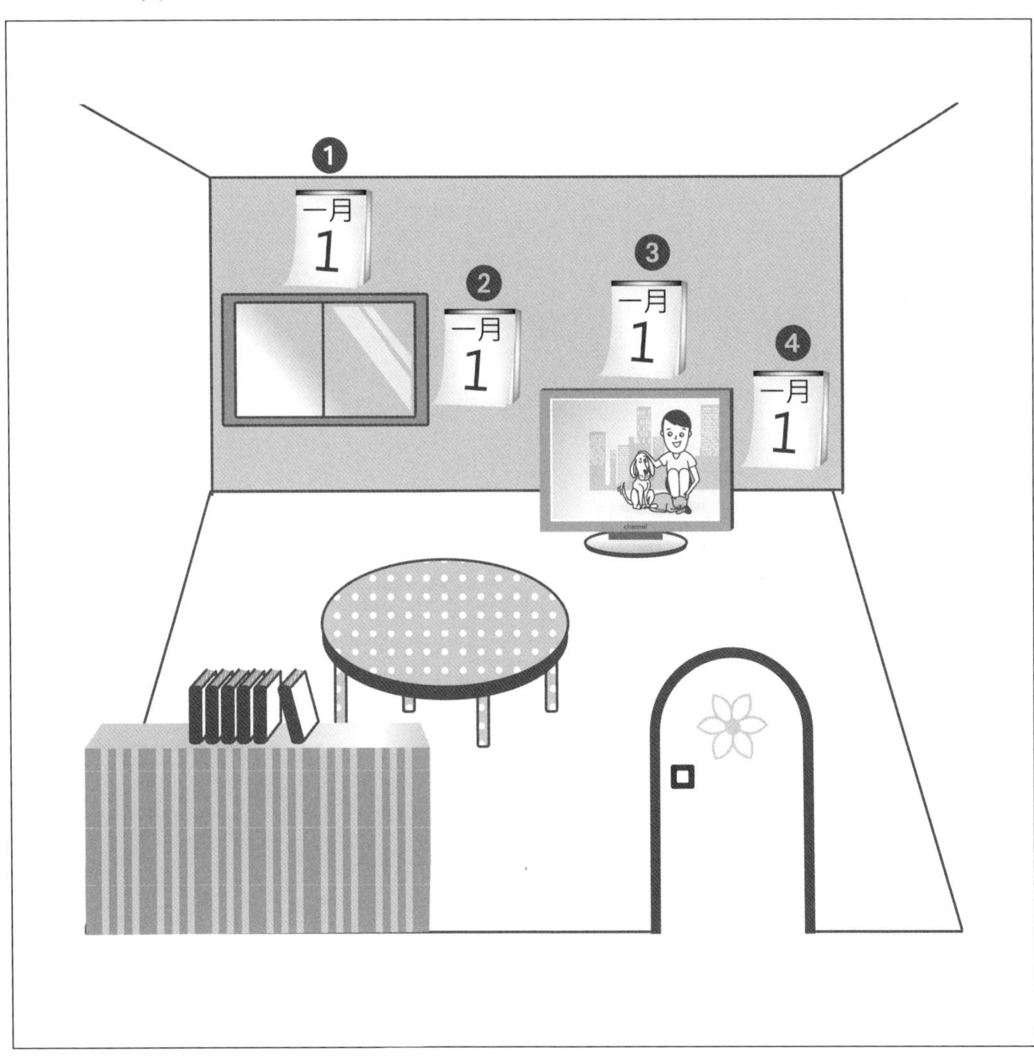

9 MP3-33

1	2
subway / bus	TAXI
3	**4**
subway / TAXI	subway

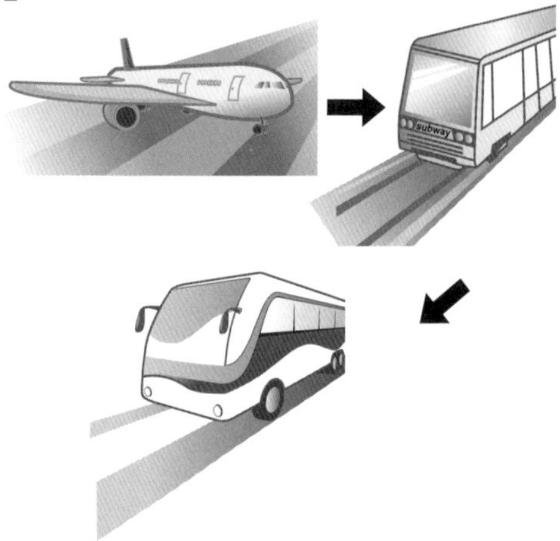

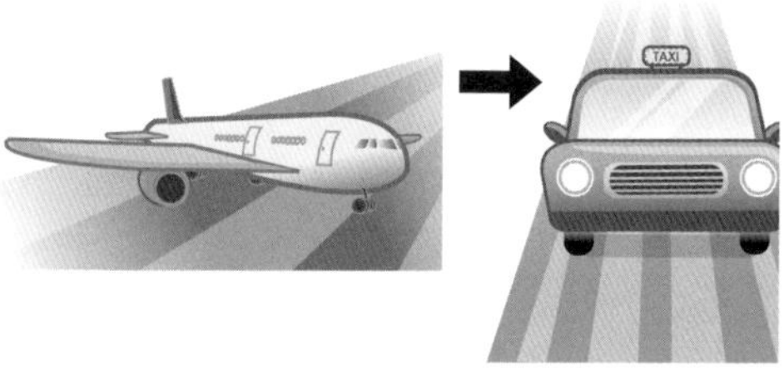

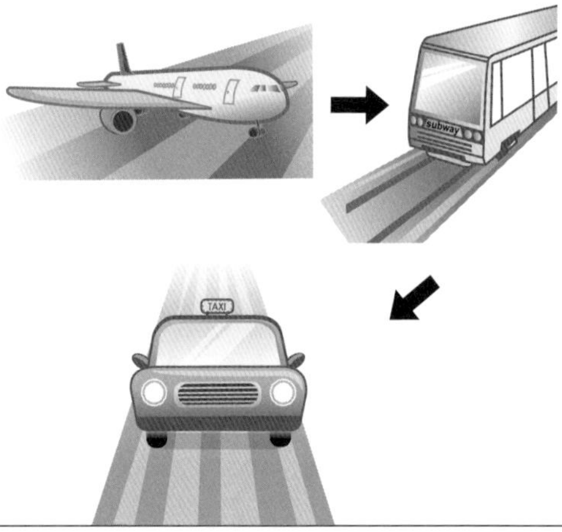

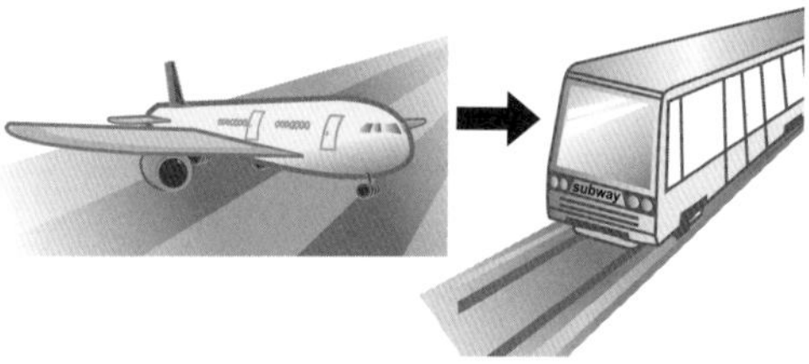

10 MP3-34

1 7時

2 7時30分

3 8時

4 8時30分

11 MP3-35

12 MP3-36

1 15-3256

2 75-3256

3 15-3526

4 75-3526

13 MP3-37

1	2
3	4

もんだい 3

もんだい3では　えを　みながら　しつもんを　きいて　ください。それから　ただしい　こたえを　1から　3の　なかから、ひとつ　えらんで　ください。

14　MP3-38

15 MP3-39

16 MP3-40

17 MP3-41

18

もんだい 4

もんだい4には　えなどが　ありません。ぶんを　きいて、1から　3の なかから　ただしい　こたえを　ひとつ　えらんで　ください。

— メモ —

19 MP3-43

20 MP3-44

21 MP3-45

22 MP3-46

23 MP3-47

24 MP3-48

N5

第三回模擬試題

もんだいようし

N5

げんごちしき（もじ・ごい）

（25分）

注　　意
Notes

1. 「始め」の合図があるまで、この問題用紙を開けないでください。
   Do not open this question booklet before the test begins.
2. この問題用紙を持ち帰ることはできません。
   Do not take this question booklet with you after the test.
3. 受験番号と名前を下の欄に、受験票と同じようにはっきりと書いてください。
   Write your registration number and name clearly in each box below as written on your test voucher.
4. この問題用紙は、全部で5ページあります。
   This question booklet has 5 pages.
5. 問題には解答番号の①、②、③…が付いています。解答は、解答用紙にある同じ番号の解答欄にマークしてください。
   One of the row numbers①,②,③…is given for each question. Mark your answer in the same row of the answersheet.

受験番号　Examinee Registration Number	

名前　Name	

N5 げんごちしき（もじ・ごい） かいとうようし

受験番号 Examinee Registration Number	

名前 Name	

〈 ちゅうい Notes 〉

1. くろいえんぴつ（HB、No.2）でかいてください。
   Use a black medium soft (HB or NO.2) pencil.
2. かきなおすときは、けしゴムできれいにけしてください。
   Erase any unintended marks completely.
3. きたなくしたり、おったりしないでください。
   Do not soil or bend this sheet.
4. マークれい Marking examples

よい Correct	わるい Incorrect
●	⊗ ◒ ◯ ⓪ ⊜ ⦶ ●

もんだい 1				
1	①	②	③	④
2	①	②	③	④
3	①	②	③	④
4	①	②	③	④
5	①	②	③	④
6	①	②	③	④
7	①	②	③	④
8	①	②	③	④
9	①	②	③	④
10	①	②	③	④
11	①	②	③	④
12	①	②	③	④
もんだい 2				
13	①	②	③	④
14	①	②	③	④
15	①	②	③	④
16	①	②	③	④
17	①	②	③	④
18	①	②	③	④
19	①	②	③	④
20	①	②	③	④

もんだい 3				
21	①	②	③	④
22	①	②	③	④
23	①	②	③	④
24	①	②	③	④
25	①	②	③	④
26	①	②	③	④
27	①	②	③	④
28	①	②	③	④
29	①	②	③	④
30	①	②	③	④
もんだい 4				
31	①	②	③	④
32	①	②	③	④
33	①	②	③	④
34	①	②	③	④
35	①	②	③	④

N5 第三回　言語知識（文字・語彙）

もんだい1　＿＿＿の　ことばは　どう　よみますか。1・2・3・4から　いちばん　いい　ものを　ひとつ　えらんで　ください。

1　あそこに　男の　ひとが　います。

1 おとこ　　2 おどこ　　3 おとな　　4 おどな

2　後で　おふろに　はいります。

1 うち　　2 そと　　3 まえ　　4 あと

3　あの　ぼうしは　六百えんです。

1 ろくぴゃくえん　　2 ろくびゃくえん

3 ろっぴゃくえん　　4 ろっびゃくえん

4　この　店は　なんでも　たかいです。

1 みせ　　2 むら　　3 まち　　4 みち

5　つくえの　下に　くつが　あります。

1 した　　2 しだ　　3 すた　　4 すだ

6　はこの　中に　りんごが　あります。

1 そと　　2 なか　　3 みぎ　　4 よこ

7　けさ　女の子が　うまれました。

1 おなのこ　　2 おうなのこ　　3 おんなのこ　　4 おなんのこ

8　父は　タバコを　すいません。

1 あに　　2 あね　　3 ちち　　4 はは

9 出口から　はいらないで　ください。

1 てくち　　2 てぐち　　3 でくち　　4 でぐち

10 やまださんは　だいがくの　学生です。

1 かくせ　　2 かくせい　　3 がくせ　　4 がくせい

11 こんしゅうの　木よう日は　やすみです。

1 きようび　　2 もくようび　　3 げつようび　　4 きんようび

12 ははの　たんじょうびは　こんげつの　六日です。

1 ろっか　　2 むっか　　3 ろくか　　4 むいか

もんだい2 ＿＿＿の　ことばは　どう　かきますか。1・2・3・4から　いちばん　いい　ものを　ひとつ　えらんで　ください。

13 やおやで　やさいを　かいました。

1 貢いました　　2 買いました　　3 員いました　　4 賈いました

14 あつい　ひは　みずを　たくさん　のんで　ください。

1 氷　　2 水　　3 木　　4 永

15 ないふを　もって　あるかないで　ください。

1 メイフ　　2 メイワ　　3 ナイフ　　4 ナイワ

16 あには　あおい　コートを　きて　います。

1 来て　　2 着て　　3 切て　　4 気て

17 りんごを　ひとつ　おねがいします。

1 一つ　　2 二つ　　3 三つ　　4 四つ

18 よるは　ラジオを　きいて　います。

1 来いて　　2 木いて　　3 聞いて　　4 気いて

19 その　みちの　むこうに　ぎんこうが　あります。

1 橋　　2 道　　3 通　　4 町

20 わたしは　ははの　つくった　りょうりが　すきです。

1 切った　　2 使った　　3 作った　　4 取った

もんだい3　（　　　）に　なにを　いれますか。1・2・3・4から　いちばん　いい　ものを　ひとつ　えらんで　ください。

21 きのう　（　　　）で　かいものしました。

1 ニュース　　2 デパート　　3 ストーブ　　4 スプーン

22 きょねん　（　　　）。いま　こどもが　ひとり　います。

1 けんかしました　　2 しつもんしました

3 けっこんしました　　4 さんぽしました

23 つかれましたから、いえに　かえってから、（　　　）　ねました。

1 すぐに　　2 ほんとう　　3 ちょうど　　4 たぶん

24 きょうは　（　　　）です。あしたは　とおかです。

1 ついたち　　2 なのか　　3 ようか　　4 ここのか

25 にほんじんの　いえに　はいる　ときは　くつを　（　　　）。

1 おきます　　2 ひきます　　3 はきます　　4 ぬぎます

26 わたしは　1にちに　2かい　（　　　）を　みがきます。

1 はな　　2 め　　3 みみ　　4 は

27 （　　　）　プールへ　およぎに　いきます。

1 よく　　2 とても　　3 あまり　　4 たいへん

28 とりが　かわいい　こえで　（　　　）　います。

1 さいて　　2 ふいて　　3 ないて　　4 ひいて

29 あねは　ときどき　（　　　）を　ひきます。

1 カメラ　　2 ピアノ　　3 ダンス　　4 テレビ

30 （　　　）ですから、ここに　はいらないで　ください。

1 しずか　　2 にぎやか　　3 あぶない　　4 すずしい

もんだい4　＿＿＿の　ぶんと　だいたい　おなじ　いみの　ぶんが　あります。1・2・3・4から　いちばん　いい　ものを　ひとつ　えらんで　ください。

31 <u>さとうさんの　おじさんは　あの　ひとです。</u>

1 さとうさんの　おとうさんの　おとうさんは　あの　ひとです。

2 さとうさんの　おとうさんの　おかあさんは　あの　ひとです。

3 さとうさんの　おとうさんの　おにいさんは　あの　ひとです。

4 さとうさんの　おとうさんの　おねえさんは　あの　ひとです。

32 きむらさんは　せが　たかくないです。

1 きむらさんは　おもくないです。

2 きむらさんは　わかくないです。

3 きむらさんは　おおきくないです。

4 きむらさんは　つよくないです。

33 ここは　やおやです。

1 この　みせで　えんぴつや　ボールペンを　うって　います。

2 この　みせで　やさいや　くだものを　うって　います。

3 この　みせで　さかなを　うって　います。

4 この　みせで　くすりを　うって　います。

34 その　まどは　あいて　います。

1 その　まどは　あきません。

2 その　まどは　あけて　ありません。

3 その　まどは　しまって　いません。

4 その　まどは　しめて　あります。

35 これは　はしです。

1 これを　つかって　かみを　きります。

2 これを　つかって　ごはんを　たべます。

3 これを　つかって　しゅくだいを　します。

4 これを　つかって　でんわを　かけます。

もんだいようし
問題用紙

N5

げんごちしき　ぶんぽう　どっかい
言語知識（文法）・読解

（50分）

注　意
Notes

1.「始め」の合図があるまで、この問題用紙を開けないでください。
Do not open this question booklet before the test begins.
2. この問題用紙を持ち帰ることはできません。
Do not take this question booklet with you after the test.
3. 受験番号と名前を下の欄に、受験票と同じようにはっきりと書いてください。
Write your registration number and name clearly in each box below as written on your test voucher.
4. この問題用紙は、全部で7ページあります。
This question booklet has 7 pages.
5. 問題には解答番号の①、②、③…が付いています。解答は、解答用紙にある同じ番号の解答欄にマークしてください。
One of the row numbers①,②,③…is given for each question. Mark your answer in the same row of the answersheet.

受験番号　Examinee Registration Number	

名前　Name	

N5 言語知識（文法）・読解 解答用紙

受験番号 Examinee Registration Number	

名前 Name	

〈 ちゅうい Notes 〉

1. くろいえんぴつ（HB、No.2）でかいてください。
   Use a black medium soft (HB or NO.2) pencil.
2. かきなおすときは、けしゴムできれいにけしてください。
   Erase any unintended marks completely.
3. きたなくしたり、おったりしないでください。
   Do not soil or bend this sheet.
4. マークれい Marking examples

よい Correct	わるい Incorrect
●	⊘ ◡ ◯ ⓪ ⊜ ⦶ ●

もんだい 1				
1	①	②	③	④
2	①	②	③	④
3	①	②	③	④
4	①	②	③	④
5	①	②	③	④
6	①	②	③	④
7	①	②	③	④
8	①	②	③	④
9	①	②	③	④
10	①	②	③	④
11	①	②	③	④
12	①	②	③	④
13	①	②	③	④
14	①	②	③	④
15	①	②	③	④
16	①	②	③	④
もんだい 2				
17	①	②	③	④
18	①	②	③	④
19	①	②	③	④
20	①	②	③	④
21	①	②	③	④

もんだい 3				
22	①	②	③	④
23	①	②	③	④
24	①	②	③	④
25	①	②	③	④
26	①	②	③	④
もんだい 4				
27	①	②	③	④
28	①	②	③	④
29	①	②	③	④
もんだい 5				
30	①	②	③	④
31	①	②	③	④
もんだい 6				
32	①	②	③	④

N5 第三回　言語知識（文法）・讀解

もんだい1　（　　）に　何を　入れますか。1・2・3・4から　いちばん　いい　ものを　一つ　えらんで　ください。

1　毎日　しんぶん（　　）　読みます。

1 を　　2 へ　　3 に　　4 が

2　この　くすりを　1日（　　）　3かい　のんで　ください。

1 に　　2 と　　3 も　　4 へ

3　わたしは　田中さん（　　）　ここで　まちます。

1 を　　2 に　　3 が　　4 で

4　こちらは　社長（　　）　田中です。

1 と　　2 も　　3 に　　4 の

5　あなたは　どんな　えいが（　　）　よく　見ますか。

1 が　　2 を　　3 は　　4 と

6　電車の　なか（　　）　かさを　わすれました。

1 で　　2 が　　3 へ　　4 に

7　ピアノを　（　　）　ください。

1 ひきて　　2 ひいて　　3 ひきで　　4 ひいで

8　きのう　7時に　（　　）、りょうりを　つくりました。

1 かえる　　2 かえった　　3 かえって　　4 かえらない

9 ここは　病院ですから、（　　　）　して　ください。

1 しずか　　2 しずかに　　3 しずかな　　4 しずかで

10 （　　　）から、テレビを　見ます。

1 ひま　　2 ひまで　　3 ひまな　　4 ひまだ

11 木村さんの　へやは　（　　　）　きれいです。

1 ひろい　　2 ひろく　　3 ひろくて　　4 ひろ

12 きのう　（　　　）　えいがは　とても　おもしろかったです。

1 見る　　2 見た　　3 見て　　4 見

13 デパートへ　行きましたが、（　　　）　買いませんでした。

1 いくら　　2 何か　　3 何も　　4 どれを

14 （　　　）　たてものは　古いです。

1 あちら　　2 あの　　3 あれ　　4 あそこ

15 きょうしつには　いすが　1つしか　（　　　）。

1 います　　2 いません　　3 あります　　4 ありません

16 きょうは　（　　　）　早く　かえりますか。

1 どちら　　2 どうして　　3 どんな　　4 どなた

もんだい2　＿★＿に　入る　ものは　どれですか。1・2・3・4から　いちばん　いい　ものを　一つ　えらんで　ください。

17 きょうの　テストは　＿★＿　＿＿＿　＿＿＿　＿＿＿。

1 ごご　2時に　　2 ごご　3時に　　3 はじまって　　4 おわります

18 ちちは　＿★＿　＿＿＿　＿＿＿　＿＿＿　食べます。

1 朝ごはんを　　2 ながら　　3 読み　　4 しんぶんを

19 ＿＿＿　＿＿＿　＿＿＿　＿★＿　は、気を　つけて　ください。

1 とき　　2 わたる　　3 みちを　　4 ひろい

20 どの　＿★＿　＿＿＿　＿＿＿　＿＿＿　ですか。

1 あなた　　2 が　　3 ぼうし　　4 の

21 ＿＿＿　＿＿＿　＿★＿　＿＿＿　2時間も　歩いて　来ました。

1 ここ　　2 いえ　　3 から　　4 まで

もんだい3　22 から　26 に　何を　入れますか。1・2・3・4から　いちばん　いい　ものを　一つ　えらんで　ください。

パクさんは　月よう日から　金よう日まで　日本語 **22** 　学校に　行きます。そして　9時から　3時まで　勉強します。昼休みは　12時から　1時まででです。パクさんは　クラスメートと　弁当を　**23** ながら、いろいろな　話を　します。

土よう日 **24** 　日よう日は　学校が　休みですから、パクさんは　スーパー **25** アルバイトに　行きます。疲れます **26** 、おもしろいと　言って　います。

第三回模擬試題 ≫ 言語知識（文法）・讀解

22	1 の	2 を	3 が	4 で
23	1 食べて	2 食べ	3 食べる	4 食べた
24	1 の	2 に	3 と	4 で
25	1 で	2 を	3 が	4 へ
26	1 から	2 ので	3 が	4 でも

もんだい4　つぎの　ぶんを　読んで　しつもんに　こたえて　ください。こたえは　1・2・3・4から　いちばん　いい　ものを　一つ　えらんで　ください。

> パクさん
> 　11時ごろ　木村先生から　電話が　ありました。おととい　出した　レポートを、きょうの　6時までに　先生の　研究室へ　とりに　行って　くださいと　いう　ことです。
>
> 6月5日　林

27 パクさんは　何を　しますか。

1 木村先生に　電話します。

2 木村先生の　研究室へ　レポートを　出しに　行きます。

3 木村先生の　研究室へ　レポートを　書きに　行きます。

4 木村先生の　研究室へ　レポートを　もらいに　行きます。

　夕べ　9時に　エミさんに　電話を　しましたが、誰も　出ませんでした。10時に　もう　いちど　かけました。彼女の　お母さんが　出て、まだ　帰って　いないと　言いました。それで　また　あした　かけると　言いました。

28 ただしい　ものは　どれですか。

1 あした　エミさんに　電話を　かけます。

2 エミさんが　あした　電話を　かけます。

3 あした　お母さんに　電話を　かけます。

4 お母さんが　あした　電話を　かけます。

けさは　6時に　おきました。シャワーを　あびてから、あさごはんを食べました。あさごはんを　食べながら　新聞を　読みました。あさごはんを食べた　あとで　テレビを　見ました。それから　学校へ　行きました。

29 ただしい　ものは　どれですか。

1 あさごはんを　食べながら　テレビを　見ました。

2 あさごはんを　食べてから　シャワーを　あびました。

3 あさごはんを　食べた　あとで　新聞を　読みました。

4 あさごはんを　食べる　前に　シャワーを　あびました。

もんだい5　つぎの　ぶんを　読んで　しつもんに　こたえて　ください。こたえは　1・2・3・4から　いちばん　いい　ものを　一つ　えらんで　ください。

わたしは　王です。ペキンから　来ました。きょねん　9月に　とうきょうへ来て、まいにち　日本語学校で　勉強して　います。いまは　7月です。雨がよく　降ります。ペキンでも　7月は　雨が　よく　降ります。来月から夏休みです。でも、ペキンへは　帰らないで、日本の　いろいろな　所へ行きたいです。ペキンには　海が　ありませんから、海へ　行って　泳ぎたいです。

30 夏休みは　いつからですか。

1 6月からです。

2 7月からです。

3 8月からです。

4 9月からです。

31 いちばん　いい　ものは　どれですか。

1 この　人は　水泳が　きらいです。

2 この　人は　雨が　きらいです。

3 この　人は　夏休みに　国へ　帰らないで　アルバイトします。

4 この　人は　夏休みに　国へ　帰らないで　日本で　遊びます。

もんだい6　つぎの　ぶんを　読んで、「浮世絵展」と　「キムさんの　スケジュール」を見て、しつもんに　こたえて　ください。こたえは　1・2・3・4から　いちばん　いい　ものを　一つ　えらんで　ください。

来週　東洋美術館で　「浮世絵展」が　あります。わたしは　浮世絵が好きですから、見に　行きたいです。そして　ゆっくり　見たいです。土曜日と日曜日は　奈良へ　あそびに　行きますから、ほかの　日に　します。

浮世絵展

〔期間〕　11月1日（月）－11月 7日（日）

〔休館日〕　毎週火曜日

〔開館時間〕午前10時－午後5時（入館は午後4時30分まで）

〔入館料〕　一般1200円 / 高校・大学生800円 / 中学生以下無料

キムさんの　スケジュール

	月曜日	火曜日	水曜日	木曜日	金曜日
9：00 ～12：00	授業	授業	授業		授業
12：00 ～13：00	昼休み				
13：00 ～16：00	アルバイト		授業	授業	テニスの練習
16：00 ～19：00	アルバイト	アルバイト		テニスの練習	

32　いつ　「浮世絵展」を　見に　行った　ほうが　いいですか。

1 火曜日、授業の　後

2 水曜日、授業の　後

3 木曜日の　朝

4 金曜日、テニスの　練習の　後

もんだいようし
問題用紙

N5

ちょうかい
聴解

（30分）

注　意
Notes

1. 「始め」の合図があるまで、この問題用紙を開けないでください。
   Do not open this question booklet before the test begins.
2. この問題用紙を持ち帰ることはできません。
   Do not take this question booklet with you after the test.
3. 受験番号と名前を下の欄に、受験票と同じようにはっきりと書いてください。
   Write your registration number and name clearly in each box below as written on your test voucher.
4. この問題用紙は、全部で19ページあります。
   This question booklet has 19 pages.
5. 問題には解答番号の①、②、③…が付いています。解答は、解答用紙にある同じ番号の解答欄にマークしてください。
   One of the row numbers①,②,③…is given for each question. Mark your answer in the same row of the answersheet.

受験番号　Examinee Registration Number	

名前　Name	

N5 聴解（ちょうかい） 解答用紙（かいとうようし）

受験番号 Examinee Registration Number	

名前 Name	

〈 ちゅうい Notes 〉

1. くろいえんぴつ（HB、No.2）でかいてください。
   Use a black medium soft (HB or NO.2) pencil.
2. かきなおすときは、けしゴムできれいにけしてください。
   Erase any unintended marks completely.
3. きたなくしたり、おったりしないでください。
   Do not soil or bend this sheet.
4. マークれい Marking examples

よい Correct	わるい Incorrect
●	⊘ ◒ ◯ ⓪ ⊜ ⦶ ◌

もんだい 1				
1	①	②	③	④
2	①	②	③	④
3	①	②	③	④
4	①	②	③	④
5	①	②	③	④
6	①	②	③	④
7	①	②	③	④
もんだい 2				
8	①	②	③	④
9	①	②	③	④
10	①	②	③	④
11	①	②	③	④
12	①	②	③	④
13	①	②	③	④

もんだい 3			
14	①	②	③
15	①	②	③
16	①	②	③
17	①	②	③
18	①	②	③
もんだい 4			
19	①	②	③
20	①	②	③
21	①	②	③
22	①	②	③
23	①	②	③
24	①	②	③

もんだい 1

もんだい1では　はじめに　しつもんを　きいて　ください。それから　はなしを　きいて、もんだいようしの　1から　4の　なかから、ただしい　こたえを　ひとつ　えらんで　ください。

1　MP3-49

2 MP3-50

1 03:05	2 03:10
3 03:15	4 03:25

3 MP3-51

第三回模擬試題 聽解

4 MP3-52

1　2　3　4

5 MP3-53

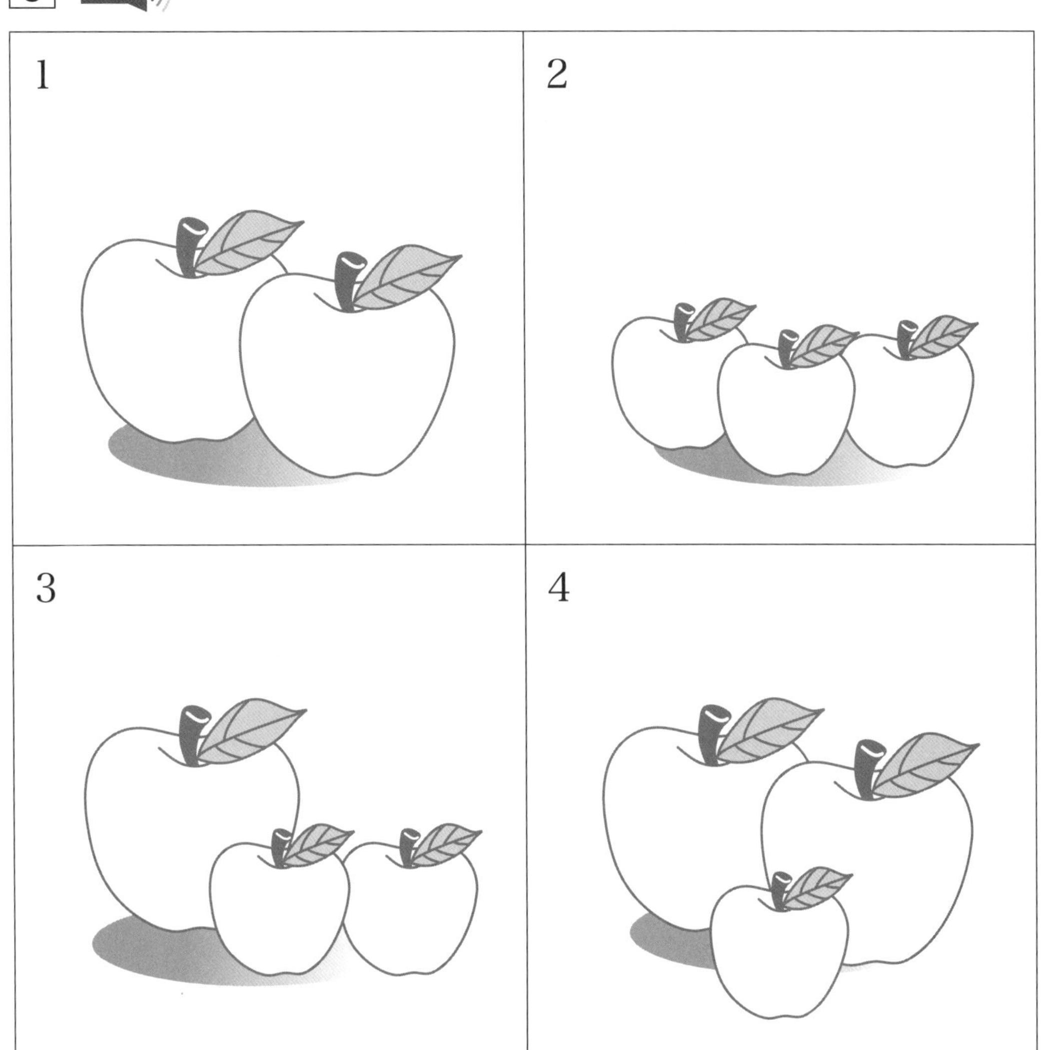

6 MP3-54

Calendar
日 月 火 水 木 金 土
1 2
3 4 5 6 7 8 9
10 11 12 13 14 15 16
17 18 19 20 21 22 23
24 25 26 27 28 29 30
1 2 3 4

7 MP3-55

Calendar ❶ ❷ ❸ ❹

日	月	火	水	木	金	土
					1	2
3	4	5	6	7	8	9
10	11	12	13	14	15	16
17	18	19	20	21	22	23
24	25	26	27	28	29	30

もんだい 2

もんだい2では　はじめに　しつもんを　きいて　ください。それから　はなしを　きいて、もんだいようしの　1から　4の　なかから、ただしい　こたえを　ひとつ　えらんで　ください。

8　MP3-56

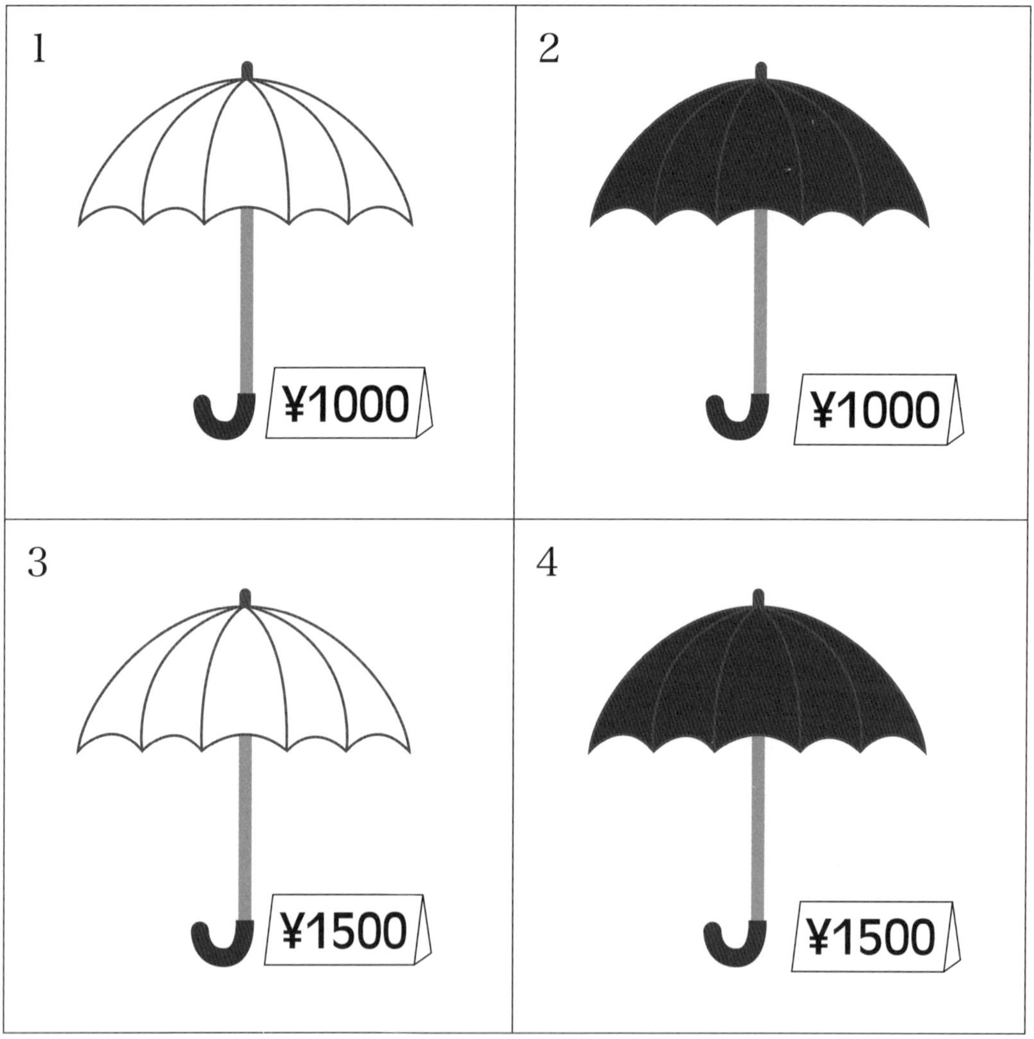

1 ¥1000	2 ¥1000
3 ¥1500	4 ¥1500

1	2
3	4

10 MP3-58

1	2
3	4

11 MP3-59

12 MP3-60

❶ ❷ ❸ ❹

1

2

3

4

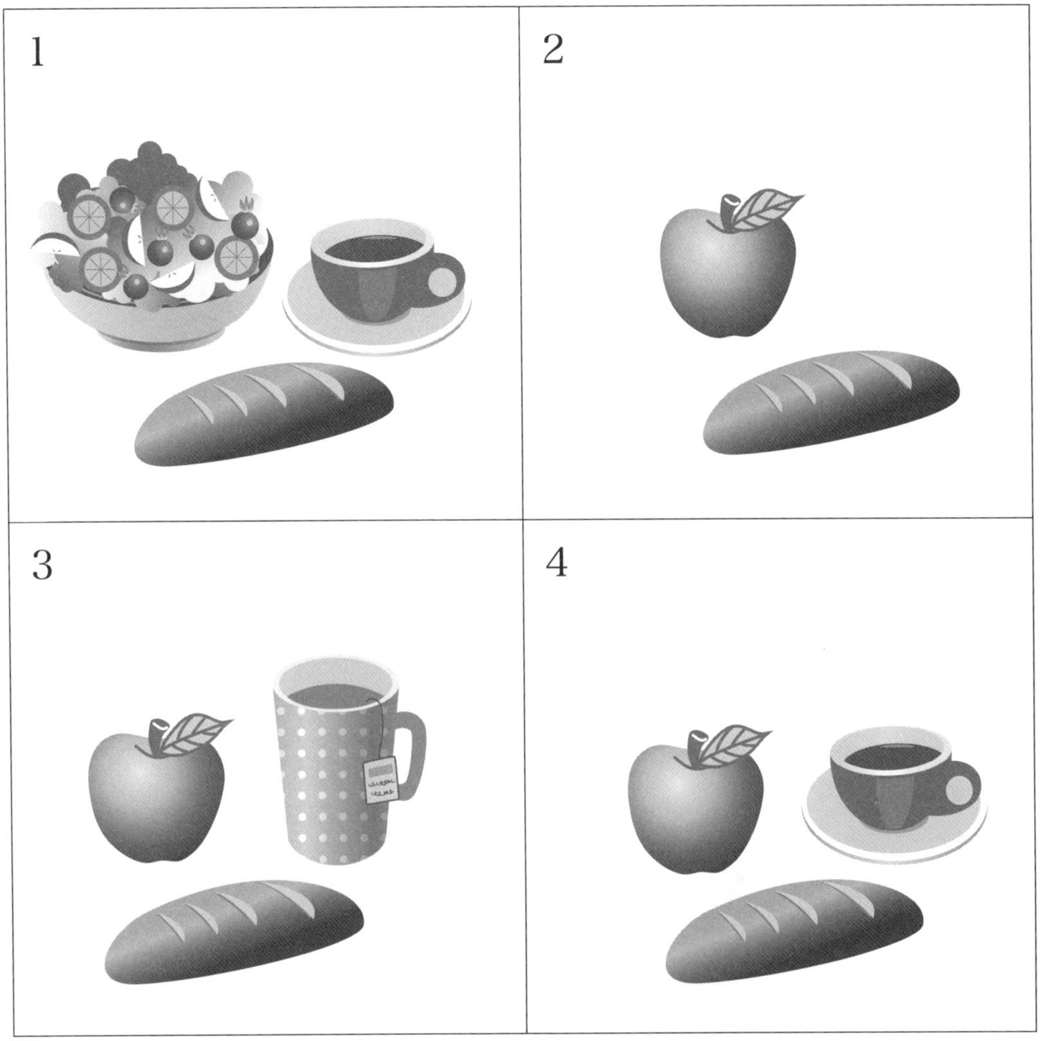

もんだい 3

もんだい3では　えを　みながら　しつもんを　きいて　ください。それから　ただしい　こたえを　1から　3の　なかから、ひとつ　えらんで　ください。

14　MP3-62

15
MP3-63

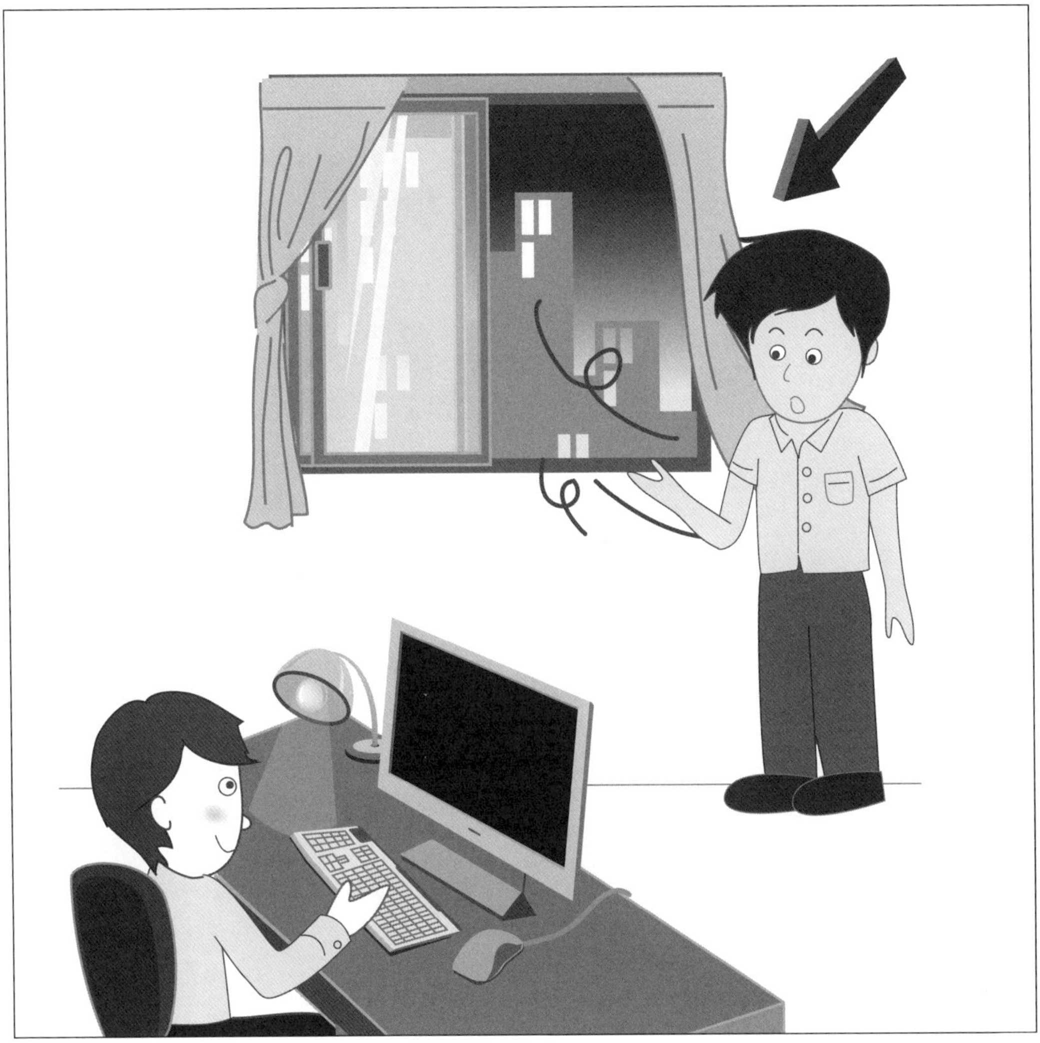

16 MP3-64

17 

18 MP3-66

もんだい 4

もんだい4には　えなどが　ありません。ぶんを　きいて、1から　3の　なかから　ただしい　こたえを　ひとつ　えらんで　ください。

— メモ —

21 MP3-69

22 MP3-70

23 MP3-71

24 MP3-72

N5

模擬試題解答、翻譯與解析

N5 模擬試題　第一回　考題解析

考題解答

言語知識（文字・語彙）

問題 1（每題1.5分）

1 3　2 1　3 2　4 2　5 2　6 4　7 4　8 3　9 3　10 2
11 3　12 2

問題 2（每題1.5分）

13 1　14 3　15 4　16 1　17 4　18 2　19 2　20 4

問題 3（每題2分）

21 2　22 1　23 3　24 4　25 1　26 4　27 4　28 2　29 2　30 3

問題 4（每題2分）

31 4　32 1　33 4　34 2　35 2

言語知識（文法）・讀解

問題 1（每題1分）

1 4	2 4	3 3	4 4	5 3	6 2	7 4	8 1	9 3	10 1
11 4	12 4	13 2	14 1	15 2	16 4				

問題 2（每題2分）

17 3　18 4　19 1　20 4　21 2

問題 3（每題2分）

22 2　23 3　24 2　25 1　26 4

問題 4（每題4分）

27 2　28 1　29 3

問題 5（每題4分）

30 4　31 2

問題 6（每題4分）

32 3

聽解

問題 1（每題2分）

1 4　　2 4　　3 3　　4 4　　5 4　　6 3　　7 4

問題 2（每題3分）

8 1　　9 2　　10 2　　11 2　　12 2　　13 1

問題 3（每題2分）

14 3　　15 3　　16 2　　17 3　　18 2

問題 4（每題3分）

19 2　　20 3　　21 3　　22 2　　23 2　　24 3

考題解析

言語知識（文字・語彙）

問題1　＿＿＿的語彙如何發音呢？請從1・2・3・4中，選出一個最正確的答案。

1 新しい　じしょですね。

1 あらたしい　　2 あらだしい　　**3 あたらしい**　　4 あだらしい

→ 新（あたら）しい　辞書（じしょ）ですね。

中譯 新的字典耶！

解析 本題重點在於測驗清、濁音的有無，「新（あたら）しい」（新的）這個字的發音中，沒有任何濁音，故答案為3。

2 きょうは　いい　天気ですね。

1 てんき　　2 てんぎ　　3 でんき　　4 でんぎ

→ きょうは　いい　天気（てんき）ですね。

中譯 今天天氣很好耶！

解析 本題重點也是測驗清、濁音的判斷，「天気（てんき）」（天氣）這個字沒有濁音，答案為1。容易誤選的選項3「でんき」是「電気（でんき）」（電燈），請務必小心。

3 ごはんの　まえに　おふろに　入ります。

1 いります　　**2 はいります**　　3 おります　　4 しまります

→ ご飯（はん）の　前（まえ）に　お風呂（ふろ）に　入（はい）ります。

中譯 吃飯前洗澡。

解析 本題考敬體為「～ります」結尾的動詞，選項1「要（い）ります」是「需要」的意思；選項2「入（はい）ります」是「進入」；選項3「降（お）ります」是「下（車）」；選項4「閉（し）まります」是自動詞「關」，「洗澡」為「お風呂（ふろ）に入（はい）ります」，故答案為2。

4 すみません、もう　いちど　言って　ください。

1 すって　　**2 いって**　　3 とって　　4 のって

→ すみません、もう　一度（いちど）　言（い）って　ください。

中譯 不好意思，請再說一次。

解析 本題考「て形」須「促音便（そくおんびん）」（って）之動詞。選項1應為「吸（す）います」（吸）；選項2則為「言（い）います」（說）；選項3為「撮（と）ります」（拍照）；選項4為「乗（の）ります」（搭乘），故答案為2。

5 この　へんは　いえが　少ないです。

1 すきない　2 すくない　3 すけない　4 すこない

→ この　辺（へん）は　家（いえ）が　少（すく）ないです。

中譯 這一帶房子很少。

解析 本題考「少（すく）ない」這個イ形容詞的發音，同時主要也是要考生確認「少（すく）ない」（イ形容詞，意思為「少的」）和「少（すこ）し」（副詞，意思為「稍微」）這二個字發音上的差異，答案為2。

6 きのう　へやで　おんがくを　聞きました。

1 あきました　2 おきました　3 かきました　4 ききました

→ きのう　部屋（へや）で　音楽（おんがく）を　聞（き）きました。

中譯 昨天在房間裡聽了音樂。

解析 本題考敬體為「～きます」結尾的相關動詞，選項1是自動詞「開（あ）きます」（開啟）；選項2是「起（お）きます」（起床）；選項3是「書（か）きます」（寫）；選項4是「聞（き）きます」（聽），依句意，答案為4。

7 すみません、この　りんごを　八つ　ください。

1 むっつ　2 よっつ　3 はっつ　4 やっつ

→ すみません、この　りんごを　八（やっ）つ　ください。

中譯 不好意思，請給我八顆這個蘋果。

解析 數量詞的表達也是考試的重點之一，選項1是「六（むっ）つ」（六個）；選項2是「四（よっ）つ」（四個）；選項3看似「八個」，但其實是不存在的用法；選項4是「八（やっ）つ」（八個），故答案為4。

8 ともだちに　お金を　かりたいです。

1 おかぬ　2 おがぬ　3 おかね　4 おがね

→ 友（とも）だちに　お金（かね）を　借（か）りたいです。

中譯 我想跟朋友借錢。

解析 「錢」是「お金（かね）」，記住是清音「か」，而不是濁音「が」，同時「ぬ」和「ね」外型相似，也請注意，答案為3。

9 きのう　バナナを　<u>九本</u>　かいました。

1 くほん　　2 くぼん　　**3 きゅうほん**　　4 きゅうぼん

→ きのう　バナナを　<u>九本</u>（きゅうほん）　買（か）いました。

中譯 昨天買了九根香蕉。

解析 「九」有「く」和「きゅう」二個讀音，但數量詞用法時，要用「きゅう」。「本」的發音為「ほん」，此處不需音變（「1、3、6、8、10」才需要考慮音變），故答案為3。

10 <u>お兄さん</u>は　どんな　ひとですか。

1 おねえさん　　**2 おにいさん**　　3 おとうさん　　4 おじいさん

→ <u>お兄（にい）さん</u>は　どんな　人（ひと）ですか。

中譯 你哥哥是個怎樣的人呢？

解析 選項1是「お姉（ねえ）さん」（姊姊）；選項2是「お兄（にい）さん」（哥哥）；選項3是「お父（とう）さん」（爸爸）；選項4「おじいさん」是「爺爺」，故答案為2。

11 <u>水よう日</u>に　えいがを　みました。

1 げつようび　　2 かようび　　**3 すいようび**　　4 もくようび

→ <u>水曜日（すいようび）</u>に　映画（えいが）を　見（み）ました。

中譯 星期三看了電影。

解析 「星期」的表達，是必考題。「文字・語彙」會考、「讀解」會出現、「聽解」也一定會用到，請務必記熟。選項1是「月曜日（げつようび）」（星期一）；選項2是「火曜日（かようび）」（星期二）；選項3是「水曜日（すいようび）」（星期三）；選項4是「木曜日（もくようび）」（星期四），答案為3。

12 たいわんの　ちちのひは　はちがつ<u>八日</u>です。

1 よっか　　**2 ようか**　　3 はっか　　4 はちか

→ 台湾（たいわん）の　父（ちち）の日（ひ）は　八月<u>八日</u>（はちがつようか）です。

中譯 台灣的父親節是八月八日。

解析 「日期」的表達也是必考題，除了「文字・語彙」外，在「聽解」出現的機率可說是100%，務必牢牢記住。尤其「四日」和「八日」，一個用到「促音」，一個用到「長音」，極易混淆，請小心。選項1是「<u>四日</u>（よっか）」（四日），選項2是「<u>八日</u>（ようか）」（八日），選項3、4看似「八日」，但其實都是不正確的，故答案為2。

問題2　＿＿＿的語彙如何寫呢？請從1・2・3・4中，選出一個最正確的答案。

13 でぱーとで　シャツを　かいました。

1 デパート　　2 ヂパート　　3 デポート　　4 ヂポート

→ デパートで　シャツを　買（か）いました。

中譯 在百貨公司買了襯衫。

解析 N5有可能會出現片假名之相關考題，考法通常是題目出現一個用「平假名」表示的「外來語」，然後從選項選出正確的片假名寫法。

14 こどもは　そとで　あそんで　います。

1 化　　2 引　　3 外　　4 北

→ 子（こ）どもは　外（そと）で　遊（あそ）んで　います。

中譯 小孩正在外面玩。

解析 N5漢字考題可分為「字形」、「字義」二類。前者考的是字形接近的漢字，對華人來說不成問題，後者考的是「上（うえ）」、「下（した）」、「右（みぎ）」、「左（ひだり）」等同類的漢字，請考生將準備重點放在後者。本題之選項1、2旨在測驗字形，意思上完全不合理，可先排除。選項3是「外（そと）」（外面）；選項4是「北（きた）」（北邊），答案為3。

15 ちいさい　とき　よく　ちちと　やまへ　いきました。

1 川　　2 天　　3 田　　4 山

→ 小（ちい）さい　時（とき）　よく　父（ちち）と　山（やま）へ　行（い）きました。

中譯 小時候常常和父親去山上。

解析 本題測驗意義相關的漢字，選項2「天（てん）」（天空）、選項3「田（た）」（稻田）不屬N5範圍的單字。選項1是「川（かわ）」（河川）；選項4是「山（やま）」（山），故答案為4。

16 テーブルの　うえに　ケーキが　あります。

1 上　　2 止　　3 土　　4 下

→ テーブルの　上（うえ）に　ケーキが　あります。

中譯 餐桌上有蛋糕。

解析 選項2、3測驗的是類似字形的漢字，均非正確答案。選項1「上」是「うえ」；選項4「下」則是測驗字義相近的字，唸作「した」，故答案為1。

17 あの　はなは　くがつに　さきます。

1 四月　2 五月　3 八月　**4 九月**

→ あの　花(はな)は　九月(くがつ)に　咲(さ)きます。

中譯 那個花九月開。

解析 本題測驗月份的表達，月份的考法也是N5範圍常見的題目。選項1是「四月(しがつ)」（四月）；選項2是「五月(ごがつ)」（五月）；選項3是「八月(はちがつ)」（八月）；選項4是「九月(くがつ)」（九月），同時也請注意，月份的表達中，「九月」的「九」唸作「く」，而不是「きゅう」，故答案為4。

18 がっこうの　にしの　ほうに　こうえんが　あります。

1 東　**2 西**　3 北　4 南

→ 学校(がっこう)の　西(にし)の　ほうに　公園(こうえん)が　あります。

中譯 在學校西邊有公園。

解析 本題測驗方位之表達，「東、西、南、北」各為「東(ひがし)」、「西(にし)」、「南(みなみ)」、「北(きた)」，故答案為2。

19 まいにち　にほんごを　べんきょうします。

1 每朝　**2 每日**　3 每週　4 每月

→ 毎日(まいにち)　日本語(にほんご)を　勉強(べんきょう)します。

中譯 每天讀日語。

解析 本題測驗時間相關表達，選項1是「毎朝(まいあさ)」（每天早上）；選項2是「毎日(まいにち)」（每天）；選項3是「毎週(まいしゅう)」（每週）；選項4有二種唸法，「毎月(まいつき)」、「毎月(まいげつ)」都是正確的，意思為「每個月」，故答案為2。

20 あそこに　せが　たかい　おとこの　ひとが　たって　います。

1 低い　2 短い　3 強い　**4 高い**

→ あそこに　背(せ)が　高(たか)い　男(おとこ)の　人(ひと)が　立(た)って　います。

中譯 那裡站著一個長得很高的男人。

解析 本題考「イ形容詞」，選項1是「低(ひく)い」（低矮的）；選項2是「短(みじか)い」（短的）；選項3是「強(つよ)い」（強的）；選項4是「高(たか)い」（高的、貴的），故答案為4。

問題3 （　　）中要放入什麼呢？請從1・2・3・4中，選出一個最正確的答案。

21 きのう　（　　）　にほんへ　きました。

1 ときどき　　2 はじめて　　3 はじめに　　4 あまり

→ きのう　<u>はじめて</u>　日本へ　来ました。

中譯 昨天第一次來到日本。

解析 本題測驗副詞，選項1「ときどき」是「有時候、偶爾」的意思；選項2「はじめて」是「第一次」；選項3「はじめに」和「はじめて」字源相同，但因為有表示時間點的「に」，所以表示的是「開始時」；選項4「あまり」則常用否定句（あまり～ない），意思為「不太～」，故本題答案為2。

22 これは　（　　）　てがみですから、なくさないで　ください。

1 たいせつな　　2 いろいろな　　3 まっすぐな　　4 じょうぶな

→ これは　<u>大切な</u>　手紙ですから、なくさないで　ください。

中譯 這是很重要的信，所以請不要弄丟。

解析 本題考「ナ形容詞」，選項1是「大切」（重要的）；選項2是「色々」（各式各樣）；選項3「まっすぐ」是「直直的」；選項4「丈夫」是「結實、牢固」的意思，答案為1。

23 わたしの　（　　）は　せまいですが、きれいです。

1 テレビ　　2 ベッド　　3 アパート　　4 ポケット

→ 私の　<u>アパート</u>は　狭いですが、きれいです。

中譯 我的公寓很窄，但是很乾淨。

解析 本題測驗外來語，選項1「テレビ」是「電視」；選項2「ベッド」是「床」；選項3「アパート」是「公寓」；選項4「ポケット」是「口袋」，故答案為3。

24 たいていは　でんしゃで　いきますが、（　　）　バスで　いきます。

1 いつも　　2 いろいろ　　3 だんだん　　4 ときどき

→ たいていは　電車で　行きますが、<u>時々</u>　バスで　行きます。

中譯 大致上都搭電車去，不過有時候搭公車去。

解析 本題主要測驗副詞，選項1「いつも」是「總是」；選項2「色々」不是副詞，而是「ナ形容詞」，意思為「各式各樣」；選項3「だんだん」是「漸漸地」；選項4「ときどき」是「有時候、偶爾」，本題答案為4。

25 わたしは　（　　　）に　のって　がっこうへ　いきます。

1 ちかてつ　　　2 きって　　　3 でんき　　　4 でんわ

→ 私は　地下鉄に　乗って　学校へ　行きます。

中譯 我搭地鐵去學校。

解析 本題考音讀漢詞，選項1是「地下鉄」（地鐵）；選項2是「切手」（郵票）；選項3是「電気」（電燈）；選項4是「電話」（電話），依句意，答案為1。

26 この　かばんは　もう　ふるいです。（　　　）のを　かいましょう。

1 わかい　　　2 みじかい　　　3 おもしろい　　　4 あたらしい

→ この　かばんは　もう　古いです。新しいのを　買いましょう。

中譯 這個包包已經舊了。買新的吧！

解析 本題考「イ形容詞」，選項1是「若い」（年輕的）；選項2是「短い」（短的）；選項3「おもしろい」是「有趣的」；選項4是「新しい」（新的），故答案為4。

27 きのうは　おなかが　（　　　）　かいしゃを　やすみました。

1 とおくて　　　2 はやくて　　　3 おもくて　　　4 いたくて

→ きのうは　おなかが　痛くて　会社を　休みました。

中譯 昨天肚子痛，向公司請了假。

解析 本題測驗「イ形容詞」，選項1是「遠い」（遠的）；選項2是「早い」（早的）；選項3是「重い」（重的）；選項4是「痛い」（疼痛的），故答案為4。

28 この　いすは　ふるいですが、とても　（　　　）です。

1 げんき　　　2 じょうぶ　　　3 しんせつ　　　4 しずか

→ この　いすは　古いですが、とても　丈夫です。

中譯 這把椅子雖然很舊，但是很牢固。

解析 本題測驗「ナ形容詞」，選項1是「元気」（有精神）；選項2是「丈夫」（結實、牢固）；選項3是「親切」（親切）；選項4是「静か」（安靜），故答案為2。

29 たべものでは　さかなや　（　　　）が　すきです。

1 しょうゆ　　　2 にく　　　3 さとう　　　4 みず

→ 食べ物では　魚や　肉が　好きです。

中譯 在食物當中，我喜歡魚和肉。

解析 本題考食物相關詞彙，選項1是「醤油」（醬油）；選項2是「肉」（肉）；選項3是「砂糖」（糖），選項4是「水」（水），答案為2。

30 ゆうびんきょくの　まえに　くるまが　（　　　）　います。

1 のって　　2 たって　　**3 とまって**　　4 すわって

→ 郵便局の　前に　車が　<u>止まって</u>　います。

中譯 郵局前，停著車子。

解析 本題測驗動詞，選項1的辭書形為「乗る」，是「搭車、開車」的意思；選項2為「立つ」（站立）；選項3是「止まる」（停下）；選項4是「座る」（坐），本題答案為3。

問題4　有和 ______ 的句子相似意思的句子。請從1・2・3・4中，選出一個最正確的答案。

31 <u>ははは　だいどころに　います。</u>

1 ははは　ねて　います。

2 ははは　かいものを　して　います。

3 ははは　およいで　います。

4 ははは　ごはんを　つくって　います。

→ 母は　台所に　います。

中譯 母親在廚房裡。

解析 選項1「母は寝ています」（媽媽正在睡覺）；選項2「母は買い物をしています」（媽媽正在買東西）；選項3「母は泳いでいます」（媽媽正在游泳）；選項4「母はご飯を作っています」（媽媽正在做飯），故答案4才合題意。

32 <u>あそこに　けいかんが　います。</u>

1 あそこに　おまわりさんが　います。

2 あそこに　おくさんが　います。

3 あそこに　おいしゃさんが　います。

4 あそこに　おじいさんが　います。

→ あそこに　警官が　います。

中譯 那裡有個警察。

解析 選項1中的「お巡りさん」是警察，所以和題目中的「警官」意思相近，故答案為1。選項2的「奥さん」是「太太、夫人」的意思；選項3「お医者さん」是「醫生」；選項4「おじいさん」是「老爺爺」的意思。

33 わたしの　くにの　なつは　あまり　あつくないです。

1 わたしの　くにの　なつは　とても　さむいです。

2 わたしの　くにの　なつは　とても　あついです。

3 わたしの　くにの　なつは　すこし　さむいです。

4 わたしの　くにの　なつは　すこし　あついです。

→ 私の　国の　夏は　あまり　暑くないです。

中譯 我國的夏天不太熱。

解析 選項1「私の国の夏はとても寒いです」是「我國的夏天非常冷」的意思；選項2「私の国の夏はとても暑いです」是「我國的夏天非常熱」；選項3「私の国の夏は少し寒いです」是「我國的夏天有點冷」；選項4「私の国の夏は少し暑いです」是「我國的夏天有點熱」的意思，故答案為4。

34 ゆうべ　えいがを　みました。

1 きのうの　ひる　えいがを　みました。

2 きのうの　よる　えいがを　みました。

3 おとといの　ひる　えいがを　みました。

4 おとといの　よる　えいがを　みました。

→ 夕べ　映画を　見ました。

中譯 昨天晚上看了電影。

解析 本題主要測驗以下幾個時間相關的說法，「夕べ」是「昨晚」，「きのう」是「昨天」，「おととい」是「前天」，「昼」是「白天、中午」，「夜」是「晚上」，故答案為2。

35 きむらさんと　たなかさんは　おなじ　かいしゃです。

1 きむらさんと　たなかさんは　いっしょに　べんきょうして　います。

2 きむらさんと　たなかさんは　いっしょに　はたらいて　います。

3 きむらさんと　たなかさんは　いっしょに　さんぽして　います。

4 きむらさんと　たなかさんは　いっしょに　うたを　うたって　います。

→ 木村さんと　田中さんは　同じ　会社です。

中譯 木村先生和田中先生同公司。

解析 選項1「木村さんと田中さんは一緒に勉強しています」是「木村先生和田中先生一起讀書」；選項2「～一緒に働いています」是「～一起工作」；選項3「～一緒に散歩しています」是「～一起散步」；選項4「～一緒に歌を歌っています」是「～一起唱歌」，故答案為2。

言語知識（文法）・讀解

問題1 （　　　）中要放入什麼呢？請從1・2・3・4中，選出一個最正確的答案。

1 ひとり（　　　）　にほんへ　行きました。

1 か　　2 を　　3 へ　　4 で

→ 一人（ひとり）で　日本（にほん）へ　行（い）きました。

中譯 一個人去了日本。

解析 「一人（ひとり）」（一個人）為數量詞，數量詞後加上「で」表示「範圍」，故答案為4。

2 つくえの　上には　本や　ペン（　　　）が　あります。

1 も　　2 と　　3 や　　4 など

→ 机（つくえ）の　上（うえ）には　本（ほん）や　ペンなどが　あります。

中譯 桌上有書、筆等等。

解析 「と」和「や」都有表示「名詞並列」的功能，差異在於「や」有「列舉」的意思，表示還有其他東西，所以後面常會加上「など」，故答案為4。

3 としょかんへ　本を　かり（　　　）　行きます。

1 へ　　2 で　　3 に　　4 を

→ 図書館（としょかん）へ　本（ほん）を　借（か）りに　行（い）きます。

中譯 去圖書館借書。

解析 本題測驗「目的」之句型，「動詞ます形＋に＋行（い）きます」表示目的，故答案為3。

4 ボールペン（　　　）　レポートを　かきます。

1 と　　2 が　　3 は　　4 で

→ ボールペンで　レポートを　書（か）きます。

中譯 用原子筆寫報告。

解析 「ボールペン」是「原子筆」，「書（か）きます」是「寫」，所以要加上表示「工具、手段」的助詞「で」來表示二者間的關聯性，故答案為4。

5 まいあさ　こうえん（　　　）　さんぽします。

1 に　　2 が　　**3 を**　　4 と

→ 毎朝　公園を　散歩します。

中譯 每天早上在公園散步。

解析 助詞「を」有二個功能，最主要的是表示受詞，也就是「受詞を他動詞」，另外還可表示移動的路線、通過點，也就是「地點を自動詞」。本題的「散歩します」為移動相關的自動詞，「公園」則為表示地點的名詞，故在此應加入「を」表示移動的路線，故答案為3。

6 かぜを　ひいて　います（　　　）、学校は　休みません。

1 から　　**2 が**　　3 と　　4 でも

→ 風邪を　引いて　いますが、学校は　休みません。

中譯 雖然感冒了，但是不跟學校請假。

解析 本題考接續助詞，「～から」表示因果關係（因為～所以～），「～が」和「～でも」為逆態接續「雖然～但是～」。「～でも」前面應該為名詞，而非動詞（動詞的話，應改為「て形」再加上「も」，變成「～ても」），故答案為2。

7 きょうは　天気が　（　　　）ですね。

1 いいくない　　2 よいくない　　3 いくない　　**4 よくない**

→ きょうは　天気が　よくないですね。

中譯 今天天氣不好呀！

解析 本題測驗「いい」（好）的相關變化。「いい」為イ形容詞，但本身不能變化，如果要變成否定形，必須以「よい」來進行語尾變化。イ形容詞的否定必須先將語尾的「い」去除，再加上「くない」（～~~い~~＋くない），所以否定形不是「いくない」，當然也不是「よいくない」或「いいくない」，而是「よくない」，故答案為4。

8 会社に　（　　　）　まえに　さんぽを　します。

1 行く　　2 行き　　3 行って　　4 行った

→ 会社に　行く　前に　散歩を　します。

中譯 上班前散步。

解析 「～前に」表示「～之前」，既然為「之前」，表示前面的動作尚未發生，所以應該用辭書形，讀者可以直接記為「辭書形＋前に」。選項1為辭書形，選項2為ます形，選項3為て形，選項4為た形，故答案為1。

9 しゅくだいを　（　　　）　あとで、テレビを　見ます。

1 する　　2 して　　3 した　　4 しない

→ 宿題(しゅくだい)を　した　後(あと)で、テレビを　見(み)ます。

中譯 做完作業後看電視。

解析 「～後(あと)で」表示「～之後」，既然為「之後」，表示前面的動作已發生，所以應該用た形，讀者可以直接記為「た形＋後(あと)で」。選項1為辭書形，選項2為て形，選項3為た形，選項4為ない形，故答案為3。

10 （　　　）　とき　ストーブを　つけて　ください。

1 さむい　　2 さむく　　3 さむくて　　4 さむいで

→ 寒(さむ)い　時(とき)　ストーブを　つけて　ください。

中譯 冷的時候請開暖爐。

解析 本題考イ形容詞的連接方式，「寒(さむ)い」（寒冷的）是イ形容詞，「時(とき)」（時候）是名詞，イ形容詞接名詞時不需做任何改變，所以答案為1。

11 そうじして、へやが　（　　　）　なりました。

1 きれい　　2 きれいな　　3 きれいで　　4 きれいに

→ 掃除(そうじ)して、部屋(へや)が　きれいに　なりました。

中譯 打掃之後，房間變乾淨了。

解析 本題考ナ形容詞的變化，「きれい」（漂亮）是ナ形容詞，「なります」（變成）是動詞，ナ形容詞接動詞時要加上「に」，故答案為4。

12 きのうは　（　　　）かったです。

1 あつい　　2 あつく　　3 あつくて　　4 あつ

→ きのうは　暑(あつ)かったです。

中譯 昨天很熱。

解析 「～かった」為イ形容詞的過去式語尾，要將「暑(あつ)い」的「い」去掉才能加上「かった」，故答案為4。

13 （　　　）に　男の　人が　いますね。

1 どこ　　2 あそこ　　3 あの　　4 あれ

→ あそこに　男(おとこ)の　人(ひと)が　いますね。

中譯 那裡有個男人耶！

解析 本題考指示詞選項1「どこ」是「哪裡」；選項2「あそこ」是「那裡」；選項3「あの」是「那～」；選項4「あれ」是「那個」。從句尾的「います」（在）可以判斷答案應為表示「地點」之指示詞，且本句為肯定句，而非疑問句，故答案為2。

14 じゅぎょうは　何時（　　　）　おわりますか。

1 ごろ　　2 ぐらい　　3 など　　4 か

→ 授業(じゅぎょう)は　何時(なんじ)ごろ　終(お)わりますか。

中譯 課程幾點左右結束呢？

解析 本題旨在測驗「ごろ」和「ぐらい」的異同。二者均為接尾語，中文翻譯也都是「～左右」，但是「ごろ」前面接的是「時間」（時間＋ごろ），「ぐらい」前面則為「數量」（數量詞＋ぐらい）。「何時(なんじ)」（幾點）是時間的表達，故答案為1。

15 パーティーは　まだ　（　　　）。

1 はじまります　　**2 はじまりません**

3 はじまりました　　4 はじまって　います

→ パーティーは　まだ　始(はじ)まりません。

中譯 宴會還沒開始。

解析 「まだ」是「還～」的意思，「始(はじ)まります」則是「開始」，所以應該用否定形表示「還不～、還沒～」。選項1「～ます」是現在式；選項2「～ません」為否定；選項3「～ました」為過去式；選項4「～ています」為進行式、狀態的表達，故答案為2。

16 あの　へやに　いすは　（　　　）　ありますか。

1 どれ　　2 どの　　3 なに　　**4 いくつ**

→ あの　部屋(へや)に　いすは　いくつ　ありますか。

中譯 那個房間裡有幾把椅子呢？

解析 本題考疑問詞，選項1「どれ」是「哪一個」；選項2「どの」是「哪～」；選項3「なに」是「什麼」；選項4「いくつ」是「幾個」，故答案為4。

問題2　放入___★___中的語彙是什麼呢？請從1・2・3・4中選出一個最適當的答案。

17 日本の　＿＿＿　＿★＿　＿＿＿　＿＿＿。

1 聞きません　　2 あまり　　3 は　　4 おんがく

→ 日本（にほん）の　音楽（おんがく）　は　あまり　聞（き）きません。

中譯 不太聽日本的音樂。

解析 本題旨在測驗「あまり～ません」（不太～）這個用法，從句首「日本（にほん）の～」中的「の」可判斷後面要加上名詞，所以是選項4「おんがく」（音樂），然後再加上表示主題的「は」，最後才是「あまり聞（き）きません」，因此順序為4・3・2・1，故答案為3。

18 しゅくだいが　たくさん　あったから、＿＿＿　＿＿＿　＿＿＿　＿★＿　見ませんでした。

1 は　　2 テレビ　　3 きのう　　4 を

→ 宿題（しゅくだい）が　たくさん　あったから、きのう　は　テレビ　を　見（み）ませんでした。

中譯 因為有很多作業，所以昨天沒看電視。

解析 本題主要測驗他動詞句型，選項2「テレビ」（電視）是句尾「見（み）ませんでした」（沒看）的受詞，所以後面應加上選項4「を」；選項3「きのう」（昨天）後面則是加上表示主題的「は」，順序為3・1・2・4，故答案為4。

19 ＿＿＿　＿＿＿　＿＿＿　＿★＿　に　かばんを　かいました。

1 まえ　　2 に　　3 行く　　4 りょこう

→ 旅行（りょこう）　に　行（い）く　前（まえ）　に　かばんを　買（か）いました。

中譯 去旅行前買了包包。

解析 本題旨在測驗「辭書形＋前（まえ）に」（～之前）這個用法，所以選項3「行（い）く」置於「まえ」之前，而選項2「に」為助詞，在此表示動作之「目的」，要放在選項4「りょこう」後面，所以順序為4・2・3・1，答案為1。

20 子どもの　とき、＿＿＿　＿★＿　＿＿＿　＿＿＿。

1 あそびました　　2 だれ　　3 か　　4 と

→ 子（こ）どもの　時（とき）、誰（だれ）　と　遊（あそ）びました　か。

中譯 小時候跟誰玩呢？

解析 本題主要測驗表示「動作一起進行」的助詞「と」之用法，選項2「だれ」後面加的是選項4「と」；選項3疑問助詞「か」則置於句尾，因此順序為2・4・1・3，答案為4。

21 パーティーは ＿＿ ＿＿ ＿★＿ ＿＿。

1 にぎやか　　2 たのしかった　　3 です　　4 で

→ パーティーは にぎやか で 楽（たの）しかった です。

中譯 宴會很熱鬧、很開心。

解析 本題判斷步驟，一、選項3「です」表示肯定，應在句尾，二、選項2「たのしかった」為「イ形容詞」的過去式，後面應接「です」，三、選項1「にぎやか」（熱鬧）和選項2「たのしかった」（很開心）存在著因果關係，所以中間要加入選項4「で」，故順序為1・4・2・3，答案為2。

問題3 22～26中放入什麼呢？請從1・2・3・4中，選出一個最適當的答案。

キムさんと　リンさんは　あした　じこしょうかいを　します。二人（ふたり）は　じこしょうかいの　ぶんしょうを　書（か）きました。

中譯 金同學和林同學明天要自我介紹。二個人寫了自我介紹的文章。

(1)

みなさん、こんにちは。キムです。韓国（かんこく）から　22 来（き）ました。
わたしの　しゅみは　テニスです。休（やす）みの　日（ひ）には　いつも　友（とも）だち 23 と テニスを　します。日本語学校（にほんごがっこう）を　そつぎょうしてから、大学（だいがく）に 24 入（はい）りたいです。
どうぞ　よろしく　おねがいします。

中譯

大家好。敝姓金。我是從韓國來的。
我的興趣是網球。假日總是和朋友一起打網球。從日本語學校畢業後，我想上大學。
請多多指教。

(2)

はじめまして。リンです。
わたしは　東京大学の　一年生です。今は、学校の　ちかくに　住んでいます。一人で　日本に　いますから、25 さびしいです。
わたしは　旅行が　好きです。休みの　日には　いろいろな　ところへ行きます。みなさん、26 いっしょに　行きませんか。
どうぞ　よろしく　おねがいします。

中譯

初次見面，敝姓林。
我是東京大學一年級的學生。現在住在學校附近。因為一個人在日本，所以很寂寞。
我喜歡旅行。假日會去各個地方。各位，要一起去嗎？
請多多指教。

22 1 来ます　2 来ました　3 行きます　4 行きました

解析「来ます」是「來」，「行きます」是「去」，此處應使用過去式，所以答案為選項2「来ました」。

23 1 に　2 で　3 と　4 へ

解析「と」表示動作之一起進行，故答案為3。

24 1 入ります　2 入りたい　3 出ます　4 出たい

解析「入ります」是「進入」，所以可以表示「入學」，「出ます」是「出去」，也可以表示「畢業」。「～たい」表示願望，故答案為選項2「入りたい」(想進入)。

25 1 さびしいです　2 さびしくないです　3 さびしく　ありませんか　4 さびしく　ありませんでしたか

解析「さびしい」(寂寞的)為イ形容詞，選項1是「很寂寞」，選項2是「不寂寞」，選項3是「不寂寞嗎」，選項4則為過去式，翻譯亦為「不寂寞嗎」，依句意，答案為1。

26 1 行く　ことが　あります　　　　2 行った　ことが　あります

3 行かないで　ください　　　　4 いっしょに　行きませんか

解析 選項1「行くことがあります」是「有時候會去」；選項2「行ったことがあります」是「去過」；選項3「行かないでください」是「請不要去」；選項4「一緒に行きませんか」是「要一起去嗎」，依句意，答案為4。

問題4　請閱讀以下的文章，回答問題。請從1・2・3・4中，選出一個最正確的答案。

> お知らせ
>
> 金よう日の　午後　プールへ　行きます。
>
> 行きたい　人は　前の　日に　木村君に　言って　ください。

中譯

> 通知
>
> 通知星期五下午要去游泳池。
>
> 想去的人請在前一天告訴木村同學。

27 何よう日に　木村君に　言いますか。

（要星期幾跟木村同學說呢？）

1 水よう日に　言います。

（星期三說。）

2 木よう日に　言います。

（星期四說。）

3 金よう日に　言います。

（星期五說。）

4 土よう日に　言います。

（星期六說。）

山田さんへ
　先週は　どうも　ありがとう。借りた　じしょは　電話の　ところに　おきました。それから　きのう　買った　おかしも　おきました。どうぞ　食べて　ください。

１１月10日　ミエより

中譯

給山田先生
　　上個星期非常謝謝。向你借的字典放在電話旁了。然後也放了昨天買的糕點。請享用。

十一月十日　美惠

28 ミエさんは　１１月10日に　何を　しましたか。
（美惠小姐十一月十日做了什麼呢？）

1 じしょを　かえしました。
（還了字典。）

2 じしょを　かりました。
（借了字典。）

3 おかしを　かいました。
（買了糕點。）

4 電話を　しました。
（打了電話。）

　わたしは　ことしの　３月に　日本へ　来ました。今、おおさかの　アパートに住んで　います。へやは　せまいですが、駅から　ちかいから　べんりです。もっと　ひろい　へやに　住みたいです。でも、せまい　へやは　やすいです。

中譯

我今年三月來到日本。現在住在大阪的公寓。房間雖然很小，但是因為離車站很近，所以很方便。我想住更大一點的房間。不過，小房間比較便宜。

29 ただしい　ものは　どれですか。

（正確的是哪一個呢？）

1 わたしの　へやは　駅から　ちかいですが、たかいです。

（我的房間離車站很近，但是很貴。）

2 わたしの　へやは　駅から　とおいですが、やすいです。

（我的房間離車站很遠，但是很便宜。）

3 わたしの　へやは　やすいですが、せまいです。

（我的房間很便宜，但是很小。）

4 わたしの　へやは　やすいですが、べんりじゃありません。

（我的房間很便宜，但不是很方便。）

問題5　請閱讀以下的文章，回答問題。請從1・2・3・4中，選出一個最正確的答案。

田中さんは　毎朝　7時半に　起きて、朝ごはんを　食べて、会社へ　行きます。田中さんの　会社は　おおさかに　あります。うちから　会社まで　1時間ぐらい　かかります。毎朝　じてんしゃで　駅まで　行って、そこから　電車に　乗って、おおさかまで　行きます。仕事は　9時から　5時までですが、時々　7時まで　ざんぎょうします。仕事が　終わってから、いつも　友だちと　食事に　行きます。土よう日と　日よう日は　休みです。仕事が　忙しいですから、休みの　日には　どこへも　行かないで、うちで　テレビを　見ながら　ゆっくり　休みます。

中譯 田中先生每天早上七點半起床，然後吃早飯，去公司。田中先生的公司位於大阪。從家裡到公司要花一個小時左右。每天早上騎腳踏車到車站，然後從那裡搭電車到大阪。工作從九點到五點，但有時候會加班到七點。下班後總是和朋友去吃飯。星期六和星期天放假。因為工作很忙碌，所以假日哪裡都不去，在家裡邊看電視邊好好休息。

30 田中さんは　何で　駅へ　行きますか。

（田中先生怎麼去車站呢？）

1 じどうしゃで　行きます。

（開車去。）

2 歩いて　行きます。

（走路去。）

3 バスで　行きます。

（搭巴士去。）

4 じてんしゃで　行きます。

（騎腳踏車去。）

31 田中さんは　休みの　日に　何を　しますか。

（田中先生假日都做什麼呢？）

1 友だちと　食事に　行きます。

（和朋友去吃飯。）

2 テレビを　見ます。

（看電視。）

3 ざんぎょうします。

（加班。）

4 おおさかへ　行きます。

（去大阪。）

問題6　請閱讀以下的文章，看「電車時間」和「巴士時間」的圖表，然後回答問題。從1・2・3・4中，選出一個最適當的答案。

あした　河口湖へ　行きます。東京駅から　三島駅まで　電車で　行って、三島駅から　河口湖まで　バスで　行きます。

河口湖に　午後１時ごろ　着きたいです。そして、電車は　速い　ほうが　いいです。

電車の　時間

電車	東京駅 →	三島駅
ベータ2	08：30	10：40
アルファ2	08：50	10：00
ベータ4	09：10	11：20
アルファ4	09：30	10：40

（お金）アルファ：4000円
ベータ：2000円

バスの　時間

三島駅 →	河口湖
10：00	12：00
10：30	12：30
11：00	13：00
11：30	13：30

（お金）2000円

中譯 明天要去河口湖。從東京站搭電車到三島站，然後從三島站搭巴士到河口湖。想在下午一點左右抵達河口湖。然後，電車快一點的比較好。

電車時間

電車	東京站 →	三島站
貝塔2	08：30	10：40
愛爾發2	08：50	10：00
貝塔4	09：10	11：20
愛爾發4	09：30	10：40

（費用）　愛爾發：4000日圓
貝塔：2000日圓

巴士時間

三島站 →	河口湖
10：00	12：00
10：30	12：30
11：00	13：00
11：30	13：30

（費用）2000日圓

32 電車(でんしゃ)は　どれに　乗(の)りますか。
（電車要搭哪一班呢？）

1 アルファ2(に)
（愛爾發2）

2 ベータ2(に)
（貝塔2）

3 アルファ4(よん)
（愛爾發4）

4 ベータ4(よん)
（貝塔4）

聽解

問題1

問題1請先聽問題，然後聽對話，從選項1到4中，選出一個最正確的答案。

1 MP3-01

美術館で、先生が学生に話しています。学生ははじめに何をしますか。

（老師正在美術館對學生說話。學生一開始要做什麼呢？）

女：この美術館では絵を見る前に、映画を見ながら、絵の勉強をします。ここでは、切符がいりませんから、切符を買わないで入ってください。あっ、カメラはだめですよ。受付のところにおいてから、入ってください。

（在這個美術館賞畫前，要邊看電影邊學習繪畫的知識。這裡不需要票，所以請不用買票直接進去。啊，不可以帶相機喔。請先將相機放在服務台後，再進去。）

学生ははじめに何をしますか。

（學生一開始要做什麼呢？）

答案　4

2 MP3-02

クラスで先生が話しています。学生はきょう、家でどこを勉強しますか。

（老師正在班上說話。學生今天在家裡要讀哪裡呢？）

男：では、きょうは３１ページまで終わりましたから、３２ページは宿題ですね。

（那麼，今天到三十一頁結束了，所以三十二頁就當作業吧。）

女：全部ですか。

（全部嗎？）

男：いえ、３２ページの問題2です。問題１はクラスでします。

（不，三十二頁的問題二。問題一在課堂上做。）

学生はきょう、家でどこを勉強しますか。

（學生今天在家裡要讀哪裡呢？）

答案　4

3 MP3-03

男の人と女の人が話しています。ノートはどこですか。

（男人和女人正在說話。筆記本在哪裡呢？）

男：すみません。ノートをとってください。

（不好意思，請拿一下筆記本。）

女：はい、どこですか。

（好的，在哪裡呢？）

男：テレビの上、じゃなくて、ああ、そうだ。テーブルの上です。

（不是在電視機上面，啊，對了。在桌子上。）

ノートはどこですか。

（筆記本在哪裡呢？）

答案　3

4 MP3-04

男の人と女の人が話しています。女の人はどの切手を買いますか。

（男人和女人正在說話。女人要買哪個郵票呢？）

女：郵便局に行ってきます。

（我去一下郵局。）

男：はい。あっ、すみませんが、切手を買ってきてください。

（好的。啊，不好意思，請幫我買一下郵票回來。）

女：はい。

（好的。）

男：９０円切手を5枚と、１３０円を３枚お願いします。

（麻煩你，我要五張九十日圓郵票，和三張一百三十日圓的。）

女：はい、９０円5枚と、１３０円３枚ですね。

（好的，五張九十日圓的，和三張一百三十日圓的嗎？）

男：はい。

（是的。）

女の人はどの切手を買いますか。

（女人要買哪個郵票呢？）

答案　4

5 MP3-05

女の人と男の人が話しています。男の人はあしたの朝、何を食べますか。

（女人和男人正在說話。男人明天早上要吃什麼呢？）

女：あしたの朝ご飯は、どうしますか。

（明天的早餐要吃什麼呢？）

男：そうですね。パンと卵をお願いします。

（這個嘛。麻煩麵包和雞蛋。）

女：パンは2個でいいですか。

（麵包二個嗎？）

男：１個でいいです。

（一個就好了。）

女：飲み物は？コーヒーですか。ジュースですか。

（飲料呢？咖啡、還是果汁呢？）

男：あっ、コーヒーがいいです。

（啊，咖啡好。）

男の人はあしたの朝、何を食べますか。

（男人明天早上要吃什麼呢？）

答案 4

6 MP3-06

男の人と女の人が話しています。あしたの天気はどうですか。

（男人和女人正在說話。明天的天氣怎麼樣呢？）

男：ここしばらく、ずっと晴れていますね。あしたも晴れでしょうか。

（這陣子一直都是晴天耶。明天也會是晴天嗎？）

女：今、新聞を見ています。あしたも晴れですよ。あっ、ちがった、これはあさってだ。あしたは、朝は雨ですが、午後は曇りですよ。

（我現在正在看報紙。明天也是晴天喔！啊，不對，這是後天。明天早上會下雨，下午是陰天喔！）

男：そうですか。

（是這樣啊。）

あしたの天気はどうですか。

（明天的天氣怎麼樣呢？）

答案　3

7 MP3-07

男の人と女の人が話しています。女の人は１から４のどれを買いましたか。

（男人和女人正在說話。女人買了一到四的哪一個呢？）

男：たくさん買ったね。

（買了好多呀！）

女：とても安かったから。

（因為很便宜呀。）

男：スプーン４本と、コップ2個、お皿３枚。

（四根湯匙、二個杯子、三個盤子。）

女：こっちにもう１枚あるよ。でも全部で８00円。安いでしょう。

（這裡還有一個喔！不過，總共才八百日圓。便宜吧！）

男：ほんとうだ。

（真的耶。）

女の人は１から４のどれを買いましたか。

（女人買了一到四的哪一個呢？）

答案　4

問題2

問題2請先聽問題，然後聽對話，從選項1到4中，選出一個最正確的答案。

8 MP3-08

男の人と女の人が話しています。女の人はどの時計を見ますか。

（男人和女人正在說話。女人要看哪隻錶呢？）

女：すみません。その時計を見せてください。

（不好意思，請讓我看一下那隻錶。）

男：はい、どれですか。

（好的，哪一隻呢？）

女：その黒いのです。

（是那隻黑色的。）

男：これですか、これですか。

（這個嗎？還是這個呢？）

女：それです。丸いのはあまり好きじゃないんです。

（是那個。因為圓的我不是很喜歡。）

女の人はどの時計を見ますか。

（女人要看哪隻錶呢？）

答案　1

9 MP3-09

男の人と女の人が話しています。2人は来週、いつ会いますか。

（男人和女人正在說話。二個人下星期，什麼時候見面呢？）

男：来週、いつ会いますか。

（下星期，什麼時候見面呢？）

女：んー、７日と８日が忙しいです。

（嗯，七號和八號我都很忙。）

男：私は、水曜日が忙しくて……。ああ、４日はどうですか。

（我星期三很忙……。啊，四號怎麼樣？）

女：そうですね。月曜日は……。次の日はどうですか。

（這個嘛。星期一……。隔天怎麼樣呢？）

男：うん、いいですよ。じゃ、その日にしましょう。

（嗯嗯，好呀！那麼，就那天吧！）

2人は来週、いつ会いますか。

（二個人下星期，什麼時候見面呢？）

答案　2

10 MP3-10

男の人と女の人が話しています。木村さんはどの人ですか。

（男人和女人正在說話。木村小姐是哪個人呢？）

男：あの髪が長くてめがねをかけている人は木村さんですか。

（那個頭髮長長的、戴著眼鏡的人，是木村小姐嗎？）

女：いいえ、木村さんはめがねをかけていますが、髪はそんなに長くないですよ。

（不是，木村小姐戴著眼鏡，但是頭髮沒那麼長喔！）

木村さんはどの人ですか。

（木村小姐是哪個人呢？）

答案　2

11 MP3-11

男の人と女の人が話しています。女の人は何がほしかったのですか。

（男人和女人正在說話。女人本來想要什麼呢？）

男：ただいま。買ってきたよ。はい。

（我回來了！買回來了喔！在這裡。）

女：ありがとう。あれ、これ紅茶じゃない？

（謝謝。咦，這不是紅茶嗎？）

男：うん、紅茶だよ。えっ、コーヒーだった？

（嗯，是紅茶呀！咦，妳是要咖啡？）

女：わたし、牛乳を頼んだんだけど……。

（我是拜託你買牛奶……。）

男：えっ、そうだった？

（咦，是這樣喔？）

女：そうよ。

（對呀！）

女の人は何がほしかったのですか。

（女人本來想要什麼呢？）

答案　2

12 MP3-12

男の人と女の人が話しています。男の人は家へ帰ってから、すぐ何をしますか。男の人です。

（男人和女人正在說話。男人回家後，立刻做什麼呢？是男人。）

女：仕事が終わりましたね。

（工作結束了呀！）

男：ええ。

（是呀！）

女：これからまっすぐ帰りますか。

（接著會直接回家嗎？）

男：ええ、きょうはまっすぐ帰って、冷たいビールを飲んでから、ゆっくりご飯を食べます。木村さんも家へ帰ってビールでしょう？

（是呀，今天會直接回家，喝杯冰啤酒後，好好地吃個飯。木村小姐回家後也是會先喝杯啤酒吧？）

女：ほとんどそうですが、きょうはビールを飲む前におふろに入ります。それから、ご飯です。

（幾乎是如此，不過今天喝啤酒前會先洗個澡，然後再吃飯。）

男の人は家へ帰ってから、すぐ何をしますか。

（男人回家後，立刻做什麼呢？）

答案　2

13 MP3-13

男の人が話しています。男の人は今、何が好きですか。

（男人正在說話。男人現在喜歡什麼呢？）

男：子どものときは、野菜が嫌いだったんですけど、今はよく食べます。魚は小さいときから好きで、今も好きです。肉も同じです。卵は子どものときは好きだったんですが、今はあまり食べません。

（小時候，我討厭蔬菜，但是現在很常吃。魚是從小就喜歡，現在也很喜歡。肉也一樣。雞蛋雖然小時候很喜歡，但是現在不太吃。）

男の人は今、何が好きですか。

（男人現在喜歡什麼呢？）

答案 1

問題3

問題3請一邊看圖一邊聽問題。然後，從選項1到3中，選出一個正確的答案。

14 MP3-14

友だちのボールペンを使いたいです。何といいますか。

（想用朋友的原子筆。要說什麼呢？）

1 このボールペン、いいですよ。

（這枝原子筆，很好喔！）

2 このボールペン、ありがとうございました。

（這枝原子筆，謝謝您！）

3 このボールペン、貸してください。

（這枝原子筆，請借我。）

15 MP3-15

新聞を読みたいです。何といいますか。

（想看報紙。要說什麼呢？）

1 すみません、その新聞は読まなければなりませんよ。

（不好意思，那份報紙一定要看喔！）

2 すみませんが、その新聞を読んでください。

（不好意思，請看一下那份報紙。）

3 すみませんが、その新聞を取ってください。

（不好意思，請拿一下那份報紙。）

16 MP3-16

友だちが帰るとき、何といいますか。

（朋友要回家時，要說什麼呢？）

1 きょうはこれで失礼します。ありがとうございました。

（今天就到此告辭了，謝謝您。）

2 じゃ、また来てください。

（那麼，請再來。）

3 それはいいですね。

（那樣很好呀！）

17 MP3-17

ご飯を食べたあと、何といいますか。

（吃完飯後，要說什麼呢？）

1 いってきます。

（我要走了。）

2 いただきます。

（我要吃了。）

3 ごちそうさまでした。

（謝謝您的招待。）

18 MP3-18

朝出かけるとき、何といいますか。

（早上出門時，要說什麼呢？）

1 おはようございます。

（早安。）

2 いってきます。

（我要走了。）

3 いってらっしゃい。

（慢走。）

問題4

問題4沒有圖。首先請聽句子。然後請聽回答，從選項1到3中，選出一個正確的答案。

19 MP3-19

女（おんな）：お茶（ちゃ）、どうぞ。

（請用茶。）

男（おとこ）：1 どういたしまして。

（不客氣。）

2 ありがとうございます。

（謝謝。）

3 ごちそうさまでした。

（謝謝您的招待。）

20 MP3-20

女（おんな）：銀行（ぎんこう）にいってきます。

（我去一下銀行。）

男（おとこ）：1 いらっしゃいませ。

（歡迎光臨。）

2 いいですか。

（可以嗎？）

3 いってらっしゃい。

（慢走。）

21 MP3-21

男：はじめまして。どうぞよろしくお願いします。

（第一次見面。請多多指教。）

女：1 おかげさまで。

（託您的福。）

2 ごめんください。

（有人在嗎？）

3 こちらこそ。

（彼此彼此。）

22 MP3-22

男：田中さん、テレビを消してください。

（田中小姐，請關一下電視。）

女：1 はい、そうです。

（是的，是那樣的。）

2 はい、わかりました。

（是的，我知道了。）

3 そうですか。

（這樣呀。）

23 MP3-23

女（おんな）：すみませんが、そのしおをとってください。

（不好意思，請拿一下那罐鹽。）

男（おとこ）：1 はい、ください。

（好的，請給我。）

2 はい、どうぞ。

（好的，請。）

3 いいえ、とります。

（不，我來拿。）

24 MP3-24

男（おとこ）：にもつが多（おお）いですね。もちましょうか。

（行李很多耶！我來幫你拿吧！）

女（おんな）：1 いいえ、もってください。

（不，請拿。）

2 いいえ、もちましょう。

（不，來拿吧！）

3 いいえ、けっこうです。

（不，不用了。）

N5 模擬試題　第二回　考題解析

考題解答

言語知識（文字・語彙）

問題 1（每題1.5分）

1 2　2 3　3 1　4 4　5 4　6 4　7 4　8 1　9 2　10 4
11 3　12 4

問題 2（每題1.5分）

13 4　14 1　15 3　16 4　17 2　18 4　19 1　20 1

問題 3（每題2分）

21 1　22 4　23 2　24 2　25 2　26 2　27 2　28 1　29 1　30 3

問題 4（每題2分）

31 2　32 2　33 2　34 3　35 2

言語知識（文法）・讀解

問題 1（每題1分）

1 3　2 2　3 4　4 4　5 2　6 2　7 1　8 2　9 4　10 2
11 2　12 3　13 4　14 2　15 4　16 4

問題 2（每題2分）

17 4　18 4　19 3　20 4　21 2

問題 3（每題2分）

22 1　23 1　24 4　25 3　26 4

問題 4（每題4分）

27 2　28 3　29 3

問題 5（每題4分）

30 4　31 2

問題 6（每題4分）

32 4

問題 1（每題2分）

1 4　2 3　3 1　4 2　5 2　6 4　7 2

問題 2（每題3分）

8 2　9 3　10 2　11 3　12 2　13 4

問題 3（每題2分）

14 2　15 3　16 3　17 1　18 3

問題 4（每題3分）

19 3　20 2　21 1　22 3　23 3　24 1

考題解析

言語知識（文字・語彙）

問題1　＿＿＿的語彙如何發音呢？請從1・2・3・4中，選出一個最正確的答案。

1 ひるごはんは　食堂で　たべます。

1 しょくとう　　2 しょくどう　　3 しょうくとう　　4 しょうくどう

→ 昼(ひる)ご飯(はん)は　食堂(しょくどう)で　食(た)べます。

中譯 午飯在餐廳吃。

解析 本題考漢詞發音，重點在分辨「食」是「しょく」還是「しょうく」，「堂」是「とう」還是「どう」，也就是測驗考生對此「食堂(しょくどう)」發音上之長、短音及清、濁音之辨別，答案為2。

2 空が　あおいですね。

1 あき　　2 うみ　　3 そら　　4 はる

→ 空(そら)が　青(あお)いですね。

中譯 天空好藍呀！

解析 本題考訓讀漢字之發音，選項1「あき」是「秋(あき)」（秋天），選項2「うみ」是「海(うみ)」（海洋），選項3「そら」是「空(そら)」（天空），選項4「はる」是「春(はる)」（春天），答案為3。此外，「空」這個漢字雖然有動詞用法唸為「空(あ)きます」（空著），但與本題無關，故選項1不是正確答案。

3 わたしは　にほんで　生まれました。

1 うまれました　　2 ふまれました　　3 つまれました　　4 くまれました

→ 私(わたし)は　日本(にほん)で　生(う)まれました。

中譯 我在日本出生。

解析 本題測驗「～まれる」結尾的動詞，選項1的辭書形為「生(う)まれる」（出生），選項2的辭書形為「踏(ふ)まれる」（被踩），選項3的辭書形為「摘(つ)まれる」（被摘），選項4的辭書形為「組(く)まれる」（被組合），答案為1。

4 この　とけいは　安いです。

1 せまい　　2 ふるい　　3 たかい　　4 やすい

→ この　時計(とけい)は　安(やす)いです。

中譯 這個錶很便宜。

解析 本題考イ形容詞，選項1是「狭い」（窄的、狹窄的），選項2是「古い」（舊的），選項3是「高い」（貴的、高的），選項4是「安い」（便宜的），答案為4。

5 にわに　木が　あります。

1 ほん　　2 まど　　3 と　　**4 き**

→ 庭に　木が　あります。

中譯 院子裡有樹。

解析 本題考訓讀漢字之發音，選項1是「本」（書），選項2是「窓」（窗戶），選項3「戸」是「門」，選項4是「木」（樹），答案為4。

6 白い　ぼうしが　すきです。

1 くるい　　2 くろい　　3 しるい　　**4 しろい**

→ 白い　帽子が　好きです。

中譯 我喜歡白色的帽子。

解析 本題考イ形容詞，選項2是「黒い」（黑的），選項4是「白い」（白的），選項1、3則均為不正確用法，本題答案為4。

7 いまは　ごご　にじ一分です。

1 いちふん　　2 いちぶん　　3 いっふん　　**4 いっぷん**

→ 今は　午後　二時一分です。

中譯 現在是下午二點零一分。

解析 本題考時間的表達，重點在於音變之判斷，「一分」須音變，「いち」變成「いっ」，而「ふん」則成為半濁音「ぷん」，故答案為4。

8 のどが　かわきましたから、水を　のみました。

1 みず　　2 さけ　　3 すい　　4 ちゃ

→ 喉が　渇きましたから、水を　飲みました。

中譯 因為很渴，所以喝了水。

解析 本題考訓讀漢字的發音，選項1是「水」（水），選項2是「酒」（酒），選項4是「茶」（茶），故答案為3。此外，選項3「すい」是「水」的音讀，此處不做此唸法。

9 あなたの　国は　どちらですか。

1 にく　　2 **くに**　　3 こく　　4 ごく

→ あなたの　国（くに）は　どちらですか。

中譯 你的國家是哪裡呢？

解析 本題考漢字訓讀唸法，「国」的音讀為「こく」、訓讀為「くに」，此處應發訓讀，答案為2。此外，選項1「にく」是「肉（にく）」，發音剛好和「国（くに）」相反，千萬小心。

10 いもうとは　ことし　大学に　はいります。

1 たいかく　　2 たいがく　　3 だいかく　　4 **だいがく**

→ いもうとは　今年（ことし）　大学（だいがく）に　入（はい）ります。

中譯 妹妹今年要上大學。

解析 本題考漢詞發音，「大学（だいがく）」的「大（だい）」（だい）和「学（がく）」（がく）第一音節均為濁音，故答案為4。

11 土よう日に　ともだちと　あいます。

1 きんようび　　2 とようび　　3 **どようび**　　4 にちようび

→ 土曜日（どようび）に　友（とも）だちと　会（あ）います。

中譯 星期六要和朋友見面。

解析 本題考星期之表達，選項1「金曜日（きんようび）」是「星期五」，選項3「土曜日（どようび）」是「星期六」，選項4「日曜日（にちようび）」是「星期天」。此外，選項2「とようび」少了濁音，所以不是星期六，而是不存在的單字，故答案為3。

12 らいげつの　二日は　なんようびですか。

1 ついたち　　2 よっか　　3 みっか　　4 **ふつか**

→ 来月（らいげつ）の　二日（ふつか）は　何曜日（なんようび）ですか。

中譯 下個月二號是星期幾呢？

解析 本題考日期，選項1「一日（ついたち）」是「一號」，選項2「四日（よっか）」是「四號」，選項3「三日（みっか）」是「三號」，選項4「二日（ふつか）」是「二號」，故答案為4。

問題2　______的語彙如何寫呢？請從1・2・3・4中，選出一個最正確的答案。

13 ちいさい　かめらが　ほしいです。

1 カヌウ　　2 カメウ　　3 カヌラ　　**4 カメラ**

→ 小(ちい)さい　カメラが　ほしいです。

中譯 想要一台小相機。

解析 本題旨在測驗是否了解片假名的寫法，「ヌ」、「メ」還有「ウ」、「ラ」都是外型接近的片假名，答案為4。

14 あそこに　たって　いる　ひとは　あにです。

1 立って　　2 並って　　3 丘って　　4 赤って

→ あそこに　立(た)って　いる　人(ひと)は　兄(あに)です。

中譯 站在那裡的人是我哥哥。

解析 本題考動詞的漢字寫法，對其他國家的人來說，「立」、「並」、「丘」、「赤」這四個漢字有其相似之處，不過對同處於漢字圈的我們來說，應該立刻能分辨出答案才對，本題答案為1。

15 くるまの　うしろに　こどもが　います。

1 中　　2 束　　**3 車**　　4 東

→ 車(くるま)の　後(うし)ろに　子(こ)どもが　います。

中譯 車子後面有小孩。

解析 本題考外型近似的漢字，這些漢字獨立出現時（不構成漢詞時），均以訓讀來發音，答案為3。選項1唸作「中(なか)」，意思為「裡面」，選項2較難一點，為N2單字，唸作「束(たば)」，是「束、捆」的意思，選項3唸作「車(くるま)」，是車子，選項4是「東(ひがし)」（東邊）。

16 おとうとは　くろい　ズボンを　はいて　います。

1 青い　　2 赤い　　3 白い　　**4 黒い**

→ 弟(おとうと)は　黒(くろ)い　ズボンを　穿(は)いて　います。

中譯 弟弟穿著黑褲子。

解析 本題考表達顏色之形容詞的相關漢字，選項1唸作「青(あお)い」（藍的），選項2唸作「赤(あか)い」（紅的），選項3唸作「白(しろ)い」（白的），選項4唸作「黒(くろ)い」（黑的），答案為4。

17 ことし　ははは　60さいに　なります。

1 来年　　2 今年　　3 去年　　4 近年

→ 今年　母は　６０歳に　なります。

中譯 今年媽媽要六十歲了。

解析 本題考時間相關的漢字寫法，選項1唸作「来年」（明年），選項2是「今年」（今年），選項3是「去年」（去年），選項4是「近年」（近年），答案為2。

18 おねえさんは　なにを　して　いますか。

1 お母さん　　2 お父さん　　3 お兄さん　　4 お姉さん

→ お姉さんは　何を　して　いますか。

中譯 你的姊姊在做什麼呢？

解析 本題考稱謂，選項1唸作「お母さん」（媽媽），選項2唸作「お父さん」（爸爸），選項3唸作「お兄さん」（哥哥），選項4唸作「お姉さん」（姊姊），答案為4。

19 がいこくじんと　えいごで　はなしを　します。

1 話　　2 語　　3 説　　4 講

→ 外国人と　英語で　話を　します。

中譯 和外國人用英文說話。

解析 本題考「說話」相關漢字的寫法與區分，「話します」（說話）的ます形為「話し」，當名詞用時，可以直接寫作「話」，故本題答案為1。

20 あなたの　みぎがわの　人は　だれですか。

1 右がわ　　2 北がわ　　3 左がわ　　4 西がわ

→ あなたの　右がわの　人は　誰ですか。

中譯 你右邊的人是誰呢？

解析 本題考方位相關詞彙，選項1唸作「右がわ」（右側），選項2唸作「北がわ」（北側），選項3「左がわ」（左側），選項4「西がわ」（西側），答案為1。

問題3　(　　　)中要放入什麼呢？請從1・2・3・4中，選出一個最正確的答案。

21 てを　(　　　)から　ごはんを　たべます。

1 あらって　　2 みがいて　　3 せんたくして　　4 そうじして

→ 手(て)を　洗(あら)ってから　ご飯(はん)を　食(た)べます。

中譯 洗手之後吃飯。

解析 本題考動詞，選項1的辭書形為「洗(あら)う」（洗），選項2為「磨(みが)く」（刷），選項3為「洗濯(せんたく)する」（洗衣），選項4為「掃除(そうじ)する」（打掃），答案為1。

22 あたらしい　ことばを　(　　　)。

1 つとめます　　2 なります　　3 もちます　　4 おぼえます

→ 新(あたら)しい　言葉(ことば)を　覚(おぼ)えます。

中譯 背新的單字。

解析 本題考動詞，選項1「つとめます」（務(つと)める）是「服務、任職」的意思，選項2「なります」（なる）表示變化，是「變成～」的意思，選項3「もちます」（持(も)つ）是「擁有、持有」的意思，選項4「おぼえます」（覚(おぼ)える）是「記憶、背誦」，故答案為4。

23 にちようびに　やまに　(　　　)。

1 のりました　　2 のぼりました　　3 あけました　　4 あげました

→ 日曜日(にちようび)に　山(やま)に　登(のぼ)りました。

中譯 星期天爬了山。

解析 本題考動詞，選項1的辭書形為「乗(の)る」（騎乘），選項2的辭書形為「登(のぼ)る」（登、爬），選項3的辭書形為「開(あ)ける」（打開），選項4的辭書形為「上(あ)げる」（放上去、給），答案為2。

24 きょうは　(　　　)です。あしたは　よっかです。

1 ふつか　　2 みっか　　3 いつか　　4 むいか

→ きょうは　三日(みっか)です。あしたは　四日(よっか)です。

中譯 今天是三號。明天是四號。

解析 本題考日期相關表達，選項1是「二日(ふつか)」（二號），選項2是「三日(みっか)」（三號），選項3是「五日(いつか)」（五號），選項4是「六日(むいか)」（六號）。由於「あしたは四日(よっか)です」（明天是四號），所以答案為2。

25 ラジオを　きく　とき、この　ボタンを　（　　）　ください。

1 ひいて　　2 おして　　3 しめて　　4 しまって

→ ラジオを　聞く　時、この　ボタンを　押して　ください。

中譯 要聽收音機時，請按這個鈕。

解析 本題考動詞，選項1的辭書形為「引く」（拉），選項2的辭書形為「押す」（按、推），選項3的辭書形為「閉める」（關）、或「締める」（綁緊），選項4的辭書形為「閉まる」（關住），答案為2。

26 かじですから、ここから　（　　）　でて　ください。

1 ゆっくり　　2 すぐに　　3 たぶん　　4 もっと

→ 火事ですから、ここから　すぐに　出て　ください。

中譯 火災了，所以請立刻從這裡出去！

解析 本題考副詞，選項1「ゆっくり」是「好好地、慢慢地」的意思，選項2「すぐに」是「立刻」，選項3「たぶん」表示推測，是「大概」的意思，選項4「もっと」是「更～」，故答案為2。

27 わたしは　いつも　11じに　ねて　7じに　（　　）。

1 あきます　　2 おきます　　3 ききます　　4 ひきます

→ 私は　いつも　１１時に　寝て　７時に　起きます。

中譯 我總是十一點睡七點起床。

解析 本題考ます形結尾為「～き」的動詞，選項1「開きます」（開啟），選項2「起きます」（起床），選項3「聞きます」（聽、問），選項4「引きます」（拉），答案為2。

28 おとうさんの　おとこの　きょうだいは　（　　）です。

1 おじさん　　2 おじいさん　　3 おばさん　　4 おばあさん

→ お父さんの　男の　兄弟は　おじさんです。

中譯 爸爸的兄弟是叔伯。

解析 本題考稱謂，選項1「おじさん」是「叔叔、伯伯」，選項2「おじいさん」是「爺爺」，選項3「おばさん」是「阿姨」，選項4「おばあさん」是「奶奶」，故答案為1。

29 つよい　（　　）が　ふいて　います。

1 かぜ　　2 あめ　　3 くも　　4 ゆき

→ 強い　風が　吹いて　います。

中譯 正吹著強風。

解析 本題考氣候相關名詞，選項1是「風」（風），選項2是「雨」（雨），選項3是「雲」（雲），選項4是「雪」（雪），答案為1。「風がふいています」是「吹著風」，「下著雨」應為「雨がふっています」，「降る」的て形為「降って」，「吹く」的て形為「吹いて」，二者發音極為相似，請務必小心。

30 わたしの　ちちは　まいあさ　しんぶんを　（　　　）。

1 みます　　2 ききます　　**3 よみます**　　4 たべます

→ 私の　父は　毎朝　新聞を　読みます。

中譯 我父親每天早上都會看報紙。

解析 本題考動詞，選項1「みます」（見る）是「看（電視、電影）」，選項2「ききます」（聞く）是「聽、問」，選項3「よみます」（読む）是「看（書、報紙）」，選項4「たべます」（食べる）是「吃」，請特別注意「見る」和「読む」之差異，本題答案為3。

問題4　有和＿＿＿的句子相似意思的句子。請從1・2・3・4中，選出一個最正確的答案。

31 かさを　かして　ください。

1 かさを　かしたいです。

2 かさを　かりたいです。

3 かさを　かえしたいです。

4 かさを　かいたいです。

→ 傘を　貸して　ください。

中譯 請借我傘。

解析 本題主要測驗物品買受相關動詞，選項1是「傘を貸したいです」（我想借（對方）傘）；選項2是「傘を借りたいです」（我想跟（對方）借傘）；選項3是「傘を返したいです」（我想還（對方）傘）；選項4是「傘を買いたいです」（我想買傘）。答題重點在於「貸す」、「借りる」之區別，「貸す」通常譯為「借出」，指的是「把東西借給別人」這個行為，「借りる」則是「借入」，指的是「向別人借東西」這個行為，故答案為2。

32 <u>せんたくを　して　ください。</u>

1 からだを　きれいに　あらって　ください。

2 ふくを　きれいに　あらって　ください。

3 へやを　きれいに　して　ください。

4 かおを　きれいに　して　ください。

→ 洗濯を　して　ください。

中譯 請洗衣服。

解析 選項1是「体をきれいに洗ってください」（請把身體洗乾淨）；選項2是「服をきれいに洗ってください」（請把衣服洗乾淨）；選項3是「部屋をきれいにしてください」（請把房間弄乾淨）；選項4是「顔をきれいにしてください」（請把臉弄乾淨），答案為2。

33 <u>たなかさん「いってまいります」</u>

1 たなかさんは　これから　ごはんを　たべます。

2 たなかさんは　これから　でかけます。

3 たなかさんは　ごはんを　たべました。

4 たなかさんは　うちへ　かえって　きました。

→ 田中さん「いってまいります」

中譯 田中先生：「我要走了。」

解析 本題考寒暄語「いってまいります」的用法，「いってまいります」用於出門時，翻譯為「我要走了」、「我要出門了」。選項1「これからご飯を食べます」是「現在要吃飯」，所以應該說「いただきます」（我要吃了）；選項2「これから出かけます」是「現在要出門」，所以要說「いってまいります」（我要走了）；選項3「ご飯を食べました」是「吃了飯」，所以要說「ごちそうさまでした」（我吃飽了、謝謝招待）；選項4「うちへ帰ってきました」是「回到家裡」，所以要說「ただいま」（我回來了），故答案為2。

34 <u>わたしは　スーパーに　つとめて　います。</u>

1 わたしは　スーパーで　かいものを　して　います。

2 わたしは　スーパーで　さんぽを　して　います。

3 わたしは　スーパーで　しごとを　して　います。

4 わたしは　スーパーで　やすんで　います。

→ 私は　スーパーに　務めて　います。

中譯 我在超市工作。

解析 選項1的「買い物をしています」是「正在購物」的意思；選項2「散歩をしています」是「正在散步」；選項3「仕事をしています」是「正在工作」；選項4「休んでいます」是「正在休息」，答案為3。

35 じゅぎょうは　もうすぐ　おわります。

1 じゅぎょうは　まだ　はじまりません。

2 じゅぎょうは　まだ　おわって　いません。

3 じゅぎょうは　いま　はじまりました。

4 じゅぎょうは　いま　おわりました。

→ 授業は　もうすぐ　終わります。

中譯 課程馬上就會結束了。

解析 選項1是「授業はまだ始まりません」（課程還沒開始）；選項2是「授業はまだ終わっていません」（課程還沒結束）；選項3是「授業は今始まりました」（課程現在開始了）；選項4是「授業は今終わりました」（課程現在結束了），答案為2。

第二回模擬試題解析 >> 言語知識（文字・語彙）

言語知識（文法）・讀解

問題1　（　　　）中要放入什麼呢？請從1・2・3・4中，選出一個最正確的答案。

1 わたしは　社長（　　　）　30分　話しました。

1 へ　　2 を　　**3 と**　　4 で

→ 私（わたし）は　社長（しゃちょう）と　３０分（さんじゅっぷん）　話（はな）しました。

中譯 我和社長講了三十分鐘。

解析 主詞為「私（わたし）」，「社長（しゃちょう）」則為表「人」之名詞，因此加入助詞「と」表示「動作的一起進行」才合理，故答案為3。

2 その　りんごは　3つ（　　　）　500円です。

1 の　　**2 で**　　3 に　　4 を

→ その　りんごは　３つ（みっ）で　５００円（ごひゃくえん）です。

中譯 那蘋果三個五百日圓。

解析「３つ（みっ）」（三個）為數量詞，數量詞加上「で」表示範圍，故答案為2。

3 会社（　　　）　バスで　40分　かかります。

1 を　　2 で　　3 が　　**4 まで**

→ 会社（かいしゃ）まで　バスで　４０分（よんじゅっぷん）　かかります。

中譯 搭公車到公司要花四十分鐘。

解析 在本句中，「会社（かいしゃ）」（公司）應為動作的終點，後面加上助詞「まで」才適合，故答案為4。

4 でんしゃは　バス（　　　）　はやいです。

1 まで　　2 でも　　3 から　　**4 より**

→ 電車（でんしゃ）は　バスより　速（はや）いです。

中譯 電車比巴士快。

解析 本題測驗「比較」句型，句型規則為「AはBより～」（A比B～），因此須選擇選項4「より」。

5 あには　びょうきで　1か月（　　　）　会社を　休みました。

1 ごろ　　2 ぐらい　　3 まで　　4 など

→ 兄(あに)は　病気(びょうき)で　1か月(いっげつ)ぐらい　会社(かいしゃ)を　休(やす)みました。

中譯 哥哥因為生病，跟公司請假了一個月左右。

解析 本題主要測驗「ごろ」和「ぐらい」的區別。二者中文都翻譯為「～左右」，差異在於「～ごろ」前面應為「時間」，例如「1時(いちじ)ごろ」（一點左右），「～ぐらい」前面則為「數量」，例如「1時間(いちじかん)ぐらい」（一個小時左右），本題中的「1か月(いっげつ)」（一個月）為數量詞，故答案為選項2「ぐらい」。

6 兄は　まいにち　ぎゅうにゅう（　　　）　のんで　学校へ　行きます。

1 しか　　2 だけ　　3 が　　4 に

→ 兄(あに)は　毎日(まいにち)　牛乳(ぎゅうにゅう)だけ　飲(の)んで　学校(がっこう)へ　行(い)きます。

中譯 哥哥每天只喝牛奶就去上學。

解析 本題測驗「只有～」相關表達方式，「だけ」和「しか」都有表達「只有」的意思，但「しか」必須伴隨著句尾的否定變化（～しか～ません），故答案為2。

7 ここに　にもつを　（　　　）ないで　ください。

1 おか　　2 おき　　3 おく　　4 おけ

→ ここに　荷物(にもつ)を　置(お)かないで　ください。

中譯 請不要把行李放在這裡。

解析 本題考動詞之變化，「置(お)きます」（放）為第一類動詞，要先將語尾變成a段音再加上ない才是ない形，所以ない形為「置(お)かない」，故答案為1。此外，選項2「おき」為「置(お)きます」的ます形，選項3「おく」為辭書形，選項4「おけ」為命令形。

8 電話を　（　　　）から、友だちの　うちに　行きます。

1 する　　2 して　　3 した　　4 しない

→ 電話(でんわ)を　してから、友(とも)だちの　家(うち)に　行(い)きます。

中譯 打了電話再到朋友家去。

解析 本題測驗「～てから」（先～再～）這個句型，動詞必須為て形再加上から，故答案為2。其他三個選項為常體，意思會變成「因為～所以～」。

9 （　　　）ながら、話しましょう。

1 食べる　2 食べて　3 食べた　4 食べ

→ 食べながら、話しましょう。

中譯 邊吃邊聊吧！

解析 本題測驗「～ながら」，「～ながら」表示動作同時進行，前一個動作必須為動詞ます形。選項1「食べる」為辭書形，選項2「食べて」為て形，選項3「食べた」為た形，選項4「食べ」為ます形，故答案為4。

10 この　へやは　あまり　（　　　）ないです。

1 ひろい　2 ひろく　3 ひろくて　4 ひろ

→ この　部屋は　あまり　広くないです。

中譯 這個房間不太大。

解析 本題測驗イ形容詞語尾變化，形容詞的否定須先將語尾「い」去除，然後加上表示否定的「ない」，故答案為2。

11 いっしょに　お茶を　（　　　）ませんか。

1 飲む　2 飲み　3 飲んだ　4 飲んで

→ 一緒に　お茶を　飲みませんか。

中譯 要一起喝杯茶嗎？

解析 本題測驗「邀約」句型「～ませんか」，將動詞變成否定「～ません」，再加上疑問助詞「か」，即可表達「邀約」，所以此句型可記為「ます形＋ませんか」。選項1「飲む」為辭書形，選項2「飲み」為ます形，選項3「飲んだ」為た形，選項4「飲んで」為て形，故答案為2。

12 ゆっくり　休みましたから、（　　　）　なりました。

1 げんき　2 げんきで　3 げんきに　4 げんきな

→ ゆっくり　休みましたから、元気に　なりました。

中譯 因為好好休息了，所以恢復精神了。

解析 本題測驗ナ形容詞相關語尾變化，「元気」為ナ形容詞，「なりました」為動詞，ナ形容詞接動詞時應加上「に」，故答案為3。

13 ぎんこうは　まだ　（　　　）。早く　行きましょう。

1 あきます　　2 あきません　　3 あきました　　**4 あいて　います**

→ 銀行（ぎんこう）は　まだ　<u>開（あ）いて　います</u>。早（はや）く　行（い）きましょう。

中譯 銀行還開著。快點去吧！

解析「まだ」表示「還～」，後面通常接「～ています」或「～ていません」表示持續的狀態，故答案為4。

14 ジュースは　ぜんぶ　飲みましたから、（　　　）　ありません。

1 まだ　　**2 もう**　　3 よく　　4 とても

→ ジュースは　全部（ぜんぶ）　飲（の）みましたから、<u>もう</u>　ありません。

中譯 果汁全部喝完了，所以已經沒有了。

解析 本題考副詞，選項1「まだ」是「還～」，選項2「もう」是「已經」，選項3「よく」是「常常」，選項4「とても」是「非常」，依句意，答案為2。

15 きのうは　（　　　）　あつくなかったです。

1 とても　　2 たくさん　　3 よく　　**4 あまり**

→ きのうは　<u>あまり</u>　暑（あつ）くなかったです。

中譯 昨天不太熱。

解析 本題考副詞，選項1「とても」是「非常」，選項2「たくさん」是「很多」，選項3「よく」是「常常」，選項4「あまり」是「太～」，常用於否定句「あまり～ない」表示「不太～」。由於句尾為イ形容詞的過去式否定「～なかったです」，故答案為4。

16 なつ休みは　（　　　）　ありますか。

1 いくら　　2 どれ　　3 どちら　　**4 どの　ぐらい**

→ 夏休（なつやす）みは　<u>どの　ぐらい</u>　ありますか。

中譯 暑假有多久呢？

解析 本題考疑問詞，選項1「いくら」是「多少錢」，選項2「どれ」是「哪個」，選項3「どちら」是「哪邊」，選項4「どのぐらい」是「多久」，故答案為4。

問題2　放入＿★＿中的語彙是什麼呢？請從1・2・3・4中選出一個最適當的答案。

17 あした　＿＿　＿★＿　＿＿　＿＿　行きませんか。

1 プール　　2 に　　3 およぎ　　4 へ

→ あした　プール　へ　泳ぎ　に　行きませんか。

中譯 明天要不要去游泳池游泳呢？

解析 本題主要測驗句中助詞和名詞之關係，「へ」表示方向，所以前面應加上地點名詞「プール」（游泳池），「に」前面加上動詞ます形時，可表示目的，所以前面應加上「泳ぎ」（游泳），正確順序為1・4・3・2，故答案為4。

18 ここに　＿＿　＿★＿　＿＿　＿＿　書いて　あります。

1 木村さん　　2 電話ばんごう　　3 が　　4 の

→ ここに　木村さん　の　電話番号　が　書いて　あります。

中譯 這裡寫有木村先生的電話號碼。

解析 「～てあります」表示「動作結束後物品存在的狀態」，所以本句主詞不是「木村さん」而是「電話番号」。同時由此也可判斷「書いてあります」前面應加上表示主詞的助詞「が」。而「木村さん」後面則加上表示所有格的「の」，因此本題順序為1・4・2・3，答案為4。

19 この　へんは　＿＿　＿＿　＿＿　＿★＿　スーパーなどが　あるから、べんりです。

1 レストラン　　2 に　　3 や　　4 ちかく

→ この　辺は　近く　に　レストラン　や　スーパーなどが　あるから、便利です。

中譯 這一帶附近有餐廳和超市等等，所以很方便。

解析 「近く」（附近）為表示地點的名詞，後面適合加上「に」，「レストラン」（餐廳）則可加上「や」和後面的「スーパー」（超市）並列，正確順序為4・2・1・3，故答案為3。

20 会社に　行く　＿＿　＿＿　＿★＿　＿＿　に　あいました。

1 電車の　　2 田中さん　　3 とき　　4 中で

→ 会社に　行く　時　電車の　中で　田中さん　に　会いました。

中譯 去公司的時候，在電車裡遇到了田中先生。

解析「～に会いました」（遇見了～）前面應加上表示人的名詞，所以要加「田中さん」。再者，「電車の」和「中で」顯然應放在一起，「時」則加在「会社に行く」後，用來表示時間，正確順序為3・1・4・2，故答案為4。

[21] きょうの ＿★＿ ＿＿＿ ＿＿＿ ＿＿＿。

1 は　　2 テスト　　3 できました　　4 よく

→ きょうの テスト は よく できました。

中譯 今天的考試考得很好。

解析「きょうの」（今天的～）裡的「の」表示了後面應加上名詞，選項中只有2「テスト」（考試）為名詞，正確順序為2・1・4・3，故答案為2。

問題3 [22]～[26]中放入什麼呢？請從1・2・3・4中，選出一個最適當的答案。

7月8日（火）

きょうは 朝 早く 起きて、ハレイワの 小さい 村[22]へ 行きました。ホノルルから ハレイワまで、バスで 2時間ぐらい [23]かかりました。ホノルルには 日本人が たくさん いました[24]が、ハレイワの 村には、日本人は 私ひとりだけでした。

昼ごはんは 村の 小さい レストラン[25]で ハワイの 家庭料理を 食べました。ワインも 飲みました。とても [26]おいしかったです。

中譯

七月八日（星期二）

今天早上很早起床，去了哈勒華這個小村莊。從檀香山到哈勒華搭公車要二個小時左右。在檀香山有很多日本人，但是在哈勒華這個村莊裡，日本人只有我一個人。

午餐是在村子裡的一個小餐廳吃了夏威夷的家常菜。也喝了葡萄酒。非常美味。

[22] 1 へ　　2 と　　3 で　　4 の

解析「村」（村莊）是表示地點的名詞，和「行きます」（去）在一起時，加上表示方向的助詞「へ」最適合，故答案為1。

23 1 かかりました　2 かけました　3 あがりました　4 あげました

解析 「2時間（にじかん）」（二個小時）為表示時間的量詞，後面加上「かかります」表示「花費、耗費」，故答案為1。

24 1 でも　2 ので　3 のに　4 が

解析 本題測驗接續助詞，「ので」表示因果關係，可先排除。選項1「でも」、3「のに」、4「が」均表示逆態接續，但「でも」前應為名詞（名詞＋でも），「のに」前應為常體的句子（常體＋のに）。而「が」前面只要是完整的句子（句子＋が），不分敬體、常體，故答案為4。

25 1 が　2 に　3 で　4 を

解析 「レストラン」（餐廳）是表示地點的名詞，所以應該是「食（た）べます」（吃）這個動作發生的場所，故答案為3「で」。（選項2「に」表示的是存在的位置，而非動作發生的場所）

26 1 おいしいかったです　2 おいしかったでした
3 おいしいでした　4 おいしかったです

解析 「おいしい」為イ形容詞，イ形容詞的過去式要先將語尾「い」去掉，再加上「かった」，敬體的句子則再加上「です」（～~~い~~かったです）。基於這樣的規則，只要是イ形容詞後面出現了「～でした」，一定是錯誤的答案，本題答案為4。

問題4　請閱讀以下的文章，回答問題。請從1・2・3・4中，選出一個最正確的答案。

> キムさんへ
>
> キムさんに　かりた　本（ほん）は　あさって　もって　いきます。
>
> それから　かした　ざっしは　もう　よみましたから、ゆっくり　よんでください。
>
> 6月7日（ろくがつなのか）　えみ

中譯

> 給金先生
>
> 　跟金先生借的書後天會帶去。
>
> 　然後借你的雜誌因為我已經看過了，所以請慢慢看。
>
> 六月七日　繪美

27 えみさんは　あさって　何を　すると　書いて　ありますか。

（上面寫著繪美小姐後天要做什麼呢？）

1 ざっしを　よみます。

（要看雜誌。）

2 本を　かえします。

（要還書。）

3 ざっしを　かします。

（要借別人雜誌。）

4 本を　かります。

（要借書。）

> アパートの　みなさんへ
>
> 　こんしゅうの　木よう日の　午前１０時から　午後4時まで　でんきが　とまりますから、エレベーターを　つかわないで　ください。かいだんを　つかって　ください。

中譯

> 給公寓的各位
>
> 　這個星期四從上午十點到下午四點為止要停電，所以請不要使用電梯。請使用樓梯。

28 こんしゅうの　木よう日、アパートの　人は　そとに　出る　とき、どう　しますか。
（這個星期四，公寓的人要外出時，要怎麼做呢？）

1 午前9時に　そとに　出る　人は　かいだんを　つかいます。
（上午九點外出的人會使用樓梯。）

2 午前１１時に　そとに　出る　人は　エレベーターを　つかいます。
（上午十一點要外出的人會使用電梯。）

3 午後３時に　そとに　出る　人は　かいだんを　つかいます。
（下午三點要外出的人會使用樓梯。）

4 午後5時に　そとに　出る　人は　エレベーターを　つかいません。
（下午五點要外出的人不使用電梯。）

佐藤先生へ

父が　水よう日に　国から　来ます。空港へ　迎えに　行きますから、あした　学校を　休みます。それで、レポートは　あさって　出します。

4月20日　木村次郎

中譯

致佐藤老師

家父星期三要從老家來。我要去機場接他，所以明天要向學校請假一天。因此，報告會後天交。

四月二十日　木村次郎

29 木村さんは　いつ　レポートを　出しますか。
（木村同學何時交報告呢？）

1 火よう日に　出します。
（星期二交。）

2 水よう日に　出します。
（星期三交。）

3 木よう日に　出します。
（星期四交。）

4 金よう日に　出します。
（星期五交。）

問題5　請閱讀以下的文章，回答問題。請從1・2・3・4中，選出一個最正確的答案。

わたしは　台湾人で、２2さいです。あたらしい　ものを　みる　ことが　すきですから、１年に　2回　がいこくを　りょこうします。きょねんは　おおさかへ　行きました。わたしは　にぎやかな　まちが　すきですから、おおさかも　すきです。おおさかの　人は　親切でした。でも、そのときは　日本語が　わかりませんでしたから　おおさかの　人と　何も　はなしませんでした。ざんねんでした。それで、とうきょうに　日本語を　べんきょうしに　来ました。

中譯　我是台灣人，二十二歲。因為喜歡看新的東西，所以一年會海外旅行二次。去年去了大阪。因為我喜歡熱鬧的都市，所以我也喜歡大阪。大阪人很親切。但是，那時候因為我不懂日文，所以和大阪人什麼話都沒說。很遺憾。所以我來到東京學日文。

30 この　人は　どうして　おおさかが　すきですか。

（這個人為什麼喜歡大阪呢？）

1 おおさかの　人と　何も　はなしませんでしたから。

（因為和大阪人什麼話都沒說。）

2 あたらしい　ものを　みる　ことが　できますから。

（因為可以看新的東西。）

3 りょうりが　おいしいですから。

（因為料理很好吃。）

4 にぎやかですから。

（**因為很熱鬧。**）

31 いちばん　いい　ものは　どれですか。

（最正確的是哪一個選項呢？）

1 この　人は　こんど　とうきょうへ　行きます。

（這個人這次要去東京。）

2 この　人は　いま　とうきょうに　います。

（**這個人現在在東京。**）

3 この　人は　おおさかで　日本語を　べんきょうしました。

（這個人在大阪學了日文。）

4 この　人は　日本語を　べんきょうしてから、とうきょうへ　来ました。

（這個人學了日文後，來到了東京。）

問題6　請閱讀以下的文章和「百合子小姐的星期天行程」、「明日香小姐的星期天行程」，然後回答問題。從1・2・3・4中，選出一個最適當的答案。

ゆりこさんは　日よう日に　あすかさんと　食事を　します。久しぶりですから、食べながら　ゆっくり　話したいです。

ゆりこさんの　日よう日の　スケジュール

10：00	起きます。
10：30 ～12：00	泳ぎます。
12：20 ～13：00	昼ごはんを　食べます。
13：30 ～14：00	昼ねします。
14：30 ～16：30	買い物します。

あすかさんの　日よう日の　スケジュール

07：00	起きます。
08：00 ～12：00	アルバイトします。
12：00 ～12：30	昼ごはんを　食べます。
13：00 ～16：00	英語を　勉強します。
18：30 ～21：00	映画を　見ます。

中譯 百合子小姐星期天要和明日香小姐吃飯。因為很久沒見面，所以想邊吃邊好好地聊。

百合子小姐的星期天行程

10：00	起床。
10：30 ～12：00	游泳。
12：20 ～13：00	吃午飯。
13：30 ～14：00	午睡。
14：30 ～16：30	買東西。

明日香小姐的星期天行程

07：00	起床。
08：00 ～12：00	打工。
12：00 ～12：30	吃午飯。
13：00 ～16：00	學英文。
18：30 ～21：00	看電影。

32 ゆりこさんは　いつ　あすかさんと　食事(しょくじ)を　しますか。

（百合子小姐什麼時候要和明日香小姐吃飯呢？）

1 １2時(じゅうにじ)です。

（十二點。）

2 １2時３０分(じゅうにじさんじゅっぷん)です。

（十二點三十分。）

3 午後4時(ごごよじ)です。

（下午四點。）

4 午後5時(ごごごじ)です。

（下午五點。）

聽解

問題1

問題1請先聽問題，然後聽對話，從選項1到4中，選出一個最正確的答案。

1 MP3-25

男の人と女の人が話しています。テーブルはどうなりましたか。

（男人和女人正在說話。桌子變成了什麼樣子呢？）

男：じゃ、お皿を並べてください。

（那麼，請排一下盤子。）

女：はい。

（好的。）

男：大きいお皿を置いて、右側にナイフ、左側にフォーク。

（放上大盤子，右邊放刀子，左邊放叉子。）

女：おはしは？

（筷子呢？）

男：おはしはいいです。ステーキですから。

（筷子不用了。因為是牛排。）

テーブルはどうなりましたか。

（桌子變成了什麼樣子呢？）

答案　4

2 MP3-26

男の人と女の人が話しています。店の名前はどれですか。

（男人和女人正在說話。店名是哪一個呢？）

男：じゃあ、7時にレストランで。

（那麼，七點在餐廳。）

女：あっ、レストランの名前は「みどり」ですね。

（啊，餐廳的名字是「みどり」吧！）

男：はい。

（是的。）

女：漢字の「緑」ですか。

（是漢字的「綠」嗎？）

男：いえ、ひらがなの「みどり」です。

（不，是平假名的「みどり」。）

店の名前はどれですか。

（店名是哪一個呢？）

答案　3

3　MP3-27

男の人と女の人が写真を見ながら話しています。田中さんのお姉さんはどの人ですか。

（男人和女人正邊看著照片邊說話。田中先生的姊姊是哪個人呢？）

男：この人が田中さんですか。

（這個人是田中先生嗎？）

女：ええ。その隣の人が田中さんの奥さんです。

（是呀。隔壁的人是田中先生的太太。）

男：めがねをかけている人？

（戴著眼鏡的那個人？）

女：いいえ、その人は田中さんのお姉さんです。奥さんはめがねをかけていなくて。

（不是，那個人是田中先生的姊姊。他太太沒戴眼鏡。）

男：そうですか。じゃ、この女の子は？

（原來如此。那麼，這小女孩呢？）

女：あの子は田中さんの子どもです。

（那孩子是田中先生的小孩。）

田中さんのお姉さんはどの人ですか。

（田中先生的姊姊是哪個人呢？）

答案　1

4 MP3-28

男の人と女の人が話しています。男の人のきょうの朝ごはんはどれですか。男の人のきょうの朝ごはんです。

（男人和女人正在說話。男人今天的早餐是哪一個呢？是男人今天的早餐。）

男：佐藤さんはいつもどんな朝ごはんですか。

（佐藤小姐都吃怎樣的早餐呢？）

女：えーと、たいていコーヒーとパン。それから果物ですね。

（嗯嗯，大概都是咖啡和麵包。還有水果喔。）

男：あっ、私と同じです。

（啊，跟我一樣。）

女：そうですか。

（是嗎。）

男：果物は何ですか？

（水果是什麼呢？）

女：ふつうはりんごですが、今朝はバナナです。

（平常都是蘋果，但是今天早上是香蕉。）

男：そうですか。私は今朝遅く起きましたから、果物は食べませんでした。

（是嗎。我因為今天早上很晚起，所以沒吃水果。）

男の人のきょうの朝ごはんはどれですか。

（男人今天的早餐是哪一個呢？）

答案　2

5 MP3-29

男の人と女の人が話しています。2人は何曜日に山へ行きますか。

（男人和女人正在說話。二個人星期幾要去爬山呢？）

男：いっしょに山に行きませんか。

（要不要一起去爬山呢？）

女：いいですね。

（好呀！）

男：木曜日はどうですか。

（星期四怎麼樣？）

女：木曜日は予定があるんです。

（星期四我有約。）

男：じゃ、土曜日か日曜日は。

（那麼，星期六或星期天呢？）

女：えーと、週末は人がおおぜいですから、テストの次の日は。

（嗯嗯，週末人很多，所以考試的隔天呢？）

男：じゃ、そうしましょう。

（那麼，就那麼辦吧！）

2人は何曜日に山へ行きますか。

（二個人星期幾要去爬山呢？）

1 木よう日

（星期四）

2 金よう日

（星期五）

3 土よう日

（星期六）

4 日よう日

（星期天）

6 MP3-30

男(おとこ)の人(ひと)と女(おんな)の人(ひと)が話(はな)しています。あしたは何日(なんにち)ですか。

（男人和女人正在說話。明天是幾號呢？）

男(おとこ)：あしたは六日(むいか)ですよね。

（明天是六號吧！）

女(おんな)：いいえ、きょうが六日(むいか)ですよ。

（不是，今天才是六號喔！）

男(おとこ)：ああ、そうでした。

（啊，對喔！）

あしたは何日(なんにち)ですか。

（明天是幾號呢？）

1 四日(よっか)です。

（四號。）

2 五日(いつか)です。

（五號。）

3 六日(むいか)です。

（六號。）

4 七日(なのか)です。

（七號。）

7 MP3-31

男の人と女の人が話しています。2人はどの人の話をしていますか。

（男人和女人正在說話。二個人正在說哪個人呢？）

男：で、その男はどんな服でしたか。

（那麼，那個男的穿什麼衣服呢？）

女：コートを着ていました。

（穿著外套。）

男：じゃ、ネクタイも？

（那麼，領帶也？）

女：はい、ネクタイもしていました。あっ、そうそう、コートにはポケットがありませんでした。

（是的，也打著領帶。啊，對了對了，外套上沒有口袋。）

2人はどの人の話をしていますか。

（二個人正在說哪個人呢？）

答案 2

問題2

問題２請先聽問題，然後聽對話，從選項１到４中，選出一個最正確的答案。

8 MP3-32

男の人と女の人が話しています。2人はどこにカレンダーをかけますか。

（男人和女人正在說話。二個人要把月曆掛哪裡呢？）

男：これ、来年のカレンダー。どこにかけましょうか。

（這是明年的月曆。掛在哪裡吧？）

女：あの窓の上は？

（那個窗戶上面呢？）

男：ちょっと高いでしょう。テレビの上のほうがいいんじゃないですか。

（有一點高吧！電視上面不是不錯嗎？）

女：えーっ、やっぱり窓のところでしょう。

（這個嘛，還是窗戶那裡吧！）

男：上？

（上面？）

女：ううん、右のほう。

（不是，是右邊那裡。）

男：わかった。そうしましょう。

（我懂了。就那麼辦吧！）

2人はどこにカレンダーをかけますか。

（二個人要把月曆掛哪裡呢？）

答案　2

9 MP3-33

女の人と男の人が話しています。2人はどうやって行きますか。

（女人和男人正在說話。二個人怎麼去呢？）

女：あしたから旅行ね。

（明天就要去旅行了呀！）

男：まず飛行機に乗って、そのあと、タクシー。

（要先搭飛機，然後是計程車。）

女：タクシー？高いんじゃない？

（計程車？不會太貴嗎？）

男：じゃ、電車とバス？

（那麼，電車和巴士呢？）

女：なんか、大変ね。じゃ、電車を降りてから、タクシーはどう？

（總覺得很麻煩耶。那麼，下電車後再搭計程車怎麼樣呢？）

男：いいね。そうしよう。

（好耶。那麼辦吧！）

2人はどうやって行きますか。

（二個人怎麼去呢？）

答案　3

10 MP3-34

男の人と女の人が話しています。女の人はきょう、何時にうちを出ましたか。

（男人和女人正在說話。女人今天幾點出門呢？）

男：おはようございます。きょうは早いですね。

（早安。今天好早呀！）

女：ええ、８時に着きました。

（是呀，八點就到了。）

男：どうしたんですか。

（怎麼了嗎？）

女：いつもは電車で１時間かかりますが、きょうは車で来ました。

（平常搭電車要花一個小時，但是今天開車來。）

男：どのくらいかかりましたか。

（花了多久呢？）

女：３０分かかりました。

（花了三十分鐘。）

女の人はきょう、何時にうちを出ましたか。

（女人今天幾點出門呢？）

1 ７時

（七點）

2 ７時３０分

（七點三十分）

3 ８時

（八點）

4 ８時３０分

（八點三十分）

11 MP3-35

病院で医者と男の人が話しています。男の人はどこが痛いと言っていますか。

（在醫院，醫生和男人正在說話。男人說哪裡痛呢？）

女：どうしましたか？

（怎麼了嗎？）

男：あの、ご飯を食べるとき、はしを持つと、痛くて。

（嗯，吃飯時，一拿起筷子就很痛。）

女：そうですか。左ですね。

（原來如此。左邊吧！）

男：ええ、左です。

（是的，是左邊。）

男の人はどこが痛いと言っていますか。

（男人說哪裡痛呢？）

答案　3

12 MP3-36

男の人と女の人が話しています。黒田さんの電話番号は何番ですか。

（男人和女人正在說話。黑田先生的電話號碼是幾號呢？）

男：黒田さんの電話番号を知っていますか。

（妳知道黑田先生的電話號碼嗎？）

女：はい、知っています。

（是的，我知道。）

男：何番ですか。

（幾號呢？）

女：７５－３２５６です。

（75-3256。）

男：１５－３２５６ですね。

（15-3256嗎？）

女：いいえ、１５じゃなくて、７５ですよ。

（不，不是15，是75喔。）

黒田さんの電話番号は何番ですか。

（黑田先生的電話號碼是幾號呢？）

1 １５－３２５６

（15-3256）

2 ７５－３２５６

（75-3256）

3 １５－３５２６

（15-3526）

4 ７５－３５２６

（75-3526）

13 MP3-37

男の人と女の人が話しています。教室はどうなりましたか。

（男人和女人正在說話。教室變成了什麼樣子呢？）

男：電気を消しますか。

（要關燈嗎？）

女：はい、消してください。

（是的，請關掉。）

男：ドアは？

（門呢？）

女：閉めないでください。

（請不要關。）

男：はい、わかりました。

（是的，我知道了。）

教室はどうなりましたか。

（教室變成了什麼樣子呢？）

答案　4

問題3

問題3請一邊看圖一邊聽問題。然後，從選項1到3中，選出一個正確的答案。

14 MP3-38

銀行へ行きたいです。何といいますか。

（想去銀行。要說什麼呢？）

1 銀行はどうですか。

（銀行怎麼樣呢？）

2 銀行はどこですか。

（銀行在哪裡呢？）

3 銀行は何ですか。

（銀行是什麼呢？）

15 MP3-39

重い荷物を持ったおばあさんを見た時、何といいますか。

（看見拿了很重的行李的老太太時，要說什麼呢？）

1 その荷物、持ってはいけませんよ。

（那個行李，不可以拿喔！）

2 その荷物、持ってください。

（那個行李，請拿一下。）

3 その荷物、持ちましょうか。

（那個行李，我來拿吧！）

16 MP3-40

カメラを買いますゝ店の人に何といいますか。

（要買相機。要跟店員說什麼呢？）

1 そのカメラを見てください。

（請看一下那台相機。）

2 そのカメラを見ますか。

（你要看那台相機嗎？）

3 そのカメラを見せてください。

（**請讓我看一下那台相機。**）

17 MP3-41

佐藤さんの電話番号を知りたい時、何といいますか。

（想知道佐藤先生的電話號碼時，要說什麼呢？）

1 佐藤さんの電話番号を教えてください。

（**請告訴我佐藤先生的電話號碼。**）

2 佐藤さんの電話番号を教えましょうか。

（我告訴你佐藤先生的電話號碼吧！）

3 佐藤さんの電話番号を聞きたいですか。

（你想問佐藤先生的電話號碼嗎？）

18 MP3-42

朝(あさ)、家族(かぞく)が出(で)かける時(とき)、何(なん)といいますか。

（早上，家人要出門時，要說什麼呢？）

1 おはようございます。

（早安。）

2 いってきます。

（我要走了。）

3 いっていらっしゃい。

（慢走。）

問題4

問題4沒有圖。首先請聽句子。然後請聽回答，從選項1到3中，選出一個正確的答案。

19 MP3-43

男（おとこ）：あっ、リンさん、こんにちは。
（啊，林小姐，妳好。）

女（おんな）：1 こちらこそ。
（彼此彼此。）

2 どうぞよろしく。
（請多多指教。）

3 こんにちは。
（你好。）

20 MP3-44

男（おとこ）：暗（くら）くなりましたね。電気（でんき）をつけましょうか。
（天黑了呀。我來開燈吧！）

女（おんな）：1 ええ、つけます。
（好，我來開。）

2 ええ、お願（ねが）いします。
（好，麻煩你了。）

3 えっ、つけましたよ。
（咦？開了呀！）

21 MP3-45

女：ありがとうございます。
（謝謝。）

男：1 どういたしまして。
（不客氣。）

2 おかげさまで。
（託你的福。）

3 ごめんなさい。
（對不起。）

22 MP3-46

女：お茶をどうぞ。
（請用茶。）

男：1 はい、ごちそうさまでした。
（好的，我吃飽了。）

2 はい、お茶です。
（是的，是茶。）

3 はい、いただきます。
（好的，我要喝了。）

23 MP3-47

男：いっしょに食事に行きませんか。
（要不要一起去吃飯呢？）

女：1 ええ、行きません。
（是的，我不去。）

2 ええ、行ってください。
（是的，請去！）

3 ええ、行きましょう。
（好的，走吧！）

24 MP3-48

女（おんな）：きょうは暑（あつ）いですね。

（今天好熱呀！）

男（おとこ）：1 ええ、そうですね。

（是呀，好熱呀！）

2 えっ、そうですか。

（咦，是嗎？）

3 ええ、そうしましょう。

（好的，就那麼做吧！）

N5 模擬試題　第三回　考題解析

考題解答

言語知識（文字・語彙）

問題 1（每題1.5分）

1 1　2 4　3 3　4 1　5 1　6 2　7 3　8 3　9 4　10 4
11 2　12 4

問題 2（每題1.5分）

13 2　14 2　15 3　16 2　17 1　18 3　19 2　20 3

問題 3（每題2分）

21 2　22 3　23 1　24 4　25 4　26 4　27 1　28 3　29 2　30 3

問題 4（每題2分）

31 3　32 3　33 2　34 3　35 2

言語知識（文法）・讀解

問題 1（每題1分）

1 1　2 1　3 1　4 4　5 2　6 4　7 2　8 3　9 2　10 4
11 3　12 2　13 3　14 2　15 4　16 2

問題 2（每題2分）

17 1　18 4　19 1　20 3　21 1

問題 3（每題2分）

22 1　23 2　24 3　25 4　26 3

問題 4（每題4分）

27 4　28 1　29 4

問題 5（每題4分）

30 3　31 4

問題 6（每題4分）

32 3

聽解

問題 1（每題2分）

1 2　**2** 2　**3** 1　**4** 1　**5** 4　**6** 4　**7** 3

問題 2（每題3分）

8 2　**9** 3　**10** 4　**11** 1　**12** 2　**13** 3

問題 3（每題2分）

14 3　**15** 2　**16** 3　**17** 1　**18** 1

問題 4（每題3分）

19 3　**20** 3　**21** 3　**22** 2　**23** 2　**24** 3

考題解析

言語知識（文字・語彙）

問題1 ＿＿＿的語彙如何發音呢？請從1・2・3・4中，選出一個最正確的答案。

1 あそこに　男の　ひとが　います。

1 おとこ　　2 おどこ　　3 おとな　　4 おどな

→ あそこに　男（おとこ）の　人（ひと）が　います。

中譯 那裡有一個男人。

解析 本題測驗漢字的訓讀發音，男性是「おとこ」，「おとな」則是成人，二者發音接近，同時也要注意清、濁音之辨別，本題答案為1。

2 後で　おふろに　はいります。

1 うち　　2 そと　　3 まえ　　4 あと

→ 後（あと）で　お風呂（ふろ）に　入（はい）ります。

中譯 等一下要洗澡。

解析 本題測驗位置、時間相關訓讀發音，選項1「うち」是「裡面」（内（うち）），選項2「そと」是「外面」（外（そと）），選項3「まえ」是「前面」或「之前」（前（まえ）），選項4「あと」是「之後」（後（あと）），故答案為4。

3 あの　ぼうしは　六百えんです。

1 ろくぴゃくえん　　2 ろくびゃくえん

3 ろっぴゃくえん　　4 ろっびゃくえん

→ あの　帽子（ぼうし）は　六百円（ろっぴゃくえん）です。

中譯 那個帽子六百日圓。

解析 本題測驗數字之發音，「六百」須音變，要先將「ろく」（六）的第二音節變成促音，成為「ろっ」，再將「ひゃく」（百）的第一音節變為半濁音，成為「ぴゃく」，故答案為3。

4 この　店は　なんでも　たかいです。

1 みせ　　2 むら　　3 まち　　4 みち

→ この　店（みせ）は　何（なん）でも　高（たか）いです。

中譯 這家店什麼都很貴。

解析 本題測驗地點相關的漢字訓讀發音，選項1是「店（みせ）」（商店），選項2是「村（むら）」（村莊），選項3是「町（まち）」（城鎮），選項4是「道（みち）」（馬路），故答案為1。

5 つくえの　下に　くつが　あります。

1 した　　2 しだ　　3 すた　　4 すだ

→ 机（つくえ）の　下（した）に　靴（くつ）が　あります。

中譯 桌子下面有鞋子。

解析 本題測驗「下（した）」的發音，重點在於發音接近的「し」還是「す」，以及清、濁音「た」或「だ」，本題答案為1。

6 はこの　中に　りんごが　あります。

1 そと　　2 なか　　3 みぎ　　4 よこ

→ 箱（はこ）の　中（なか）に　りんごが　あります。

中譯 箱子裡有蘋果。

解析 本題測驗位置表達的相關漢字發音，選項1是「外（そと）」（外面），選項2是「中（なか）」（裡面），選項3是「右（みぎ）」（右邊），選項4是「横（よこ）」（旁邊），答案為2。

7 けさ　女の子が　うまれました。

1 おなのこ　　2 おうなのこ　　3 おんなのこ　　4 おなんのこ

→ 今朝（けさ）　女（おんな）の子（こ）が　生（う）まれました。

中譯 今天早上，生下了個女兒。

解析 本題測驗「女（おんな）」這個字的發音，主要在於判斷鼻音「ん」的位置，不是「おなん」，而是「おんな」，故本題答案為3。

8 父は　タバコを　すいません。

1 あに　　2 あね　　3 ちち　　4 はは

→ 父（ちち）は　タバコを　吸（す）いません。

中譯 父親不吸菸。

解析 本題測驗稱謂，選項1是「兄（あに）」（哥哥），選項2是「姉（あね）」（姊姊），選項3是「父（ちち）」（父親），選項4是「母（はは）」（母親），故答案為3。

9 出口から　はいらないで　ください。

1 てくち　　2 てぐち　　3 でくち　　4 でぐち

→ 出口(でぐち)から　入(はい)らないで　ください。

中譯 請不要從出口進入。

解析 本題考訓讀漢詞，主要測驗「口(くち)」的第一音節「く」要音變為濁音「ぐ」，故答案為4。

10 やまださんは　だいがくの　学生です。

1 かくせ　　2 かくせい　　3 がくせ　　4 がくせい

→ 山田(やまだ)さんは　大学(だいがく)の　学生(がくせい)です。

中譯 山田先生是大學學生。

解析 本題考音讀漢詞，旨在測驗「学生(がくせい)」這個漢詞的濁音（がく）及長音（せい），故答案為4。

11 こんしゅうの　木よう日は　やすみです。

1 きようび　　2 もくようび　　3 げつようび　　4 きんようび

→ 今週(こんしゅう)の　木曜日(もくようび)は　休(やす)みです。

中譯 本週四放假。

解析 本題測驗星期之漢字發音，選項1為不存在的用法，選項2為「木曜日(もくようび)」（星期四），選項3為「月曜日(げつようび)」（星期一），選項4為「金曜日(きんようび)」（星期五），故答案為2。

12 ははの　たんじょうびは　こんげつの　六日です。

1 ろっか　　2 むっか　　3 ろくか　　4 むいか

→ 母(はは)の　誕生日(たんじょうび)は　今月(こんげつ)の　六日(むいか)です。

中譯 母親的生日是這個月六號。

解析 本題測驗日期的發音，六號是「六日(むいか)」，故答案為4。只要記住此處的「六」並不發數字的讀音「ろく」，即可判斷答案。

問題2　＿＿＿的語彙如何寫呢？請從1・2・3・4中，選出一個最正確的答案。

13 やおやで　やさいを　<u>かいました</u>。

1 貢いました　　2 買いました　　3 員いました　　4 買いました

→ 八百屋で　野菜を　<u>買いました</u>。

中譯 在蔬果店買了蔬菜。

解析 本題測驗「買います」的漢字寫法，和中文「買」相同，故答案為2。

14 あつい　ひは　<u>みず</u>を　たくさん　のんで　ください。

1 氷　　2 水　　3 木　　4 永

→ 暑い　日は　<u>水</u>を　たくさん　飲んで　ください。

中譯 大熱天請多喝些水。

解析 本題測驗「水」、「氷」等字型相近的漢字寫法，選項1「氷」（冰）發音為「こおり」，選項2「水」（水）為「みず」，選項3「木」（樹木）為「き」，故答案為2。

15 <u>ないふ</u>を　もって　あるかないで　ください。

1 メイフ　　2 メイワ　　3 ナイフ　　4 ナイワ

→ <u>ナイフ</u>を　持って　歩かないで　ください。

中譯 請不要拿著刀子走路。

解析 本題考カタカナ（片假名），主要測驗「メ」和「ナ」、「フ」和「ワ」這二組外型相近的カタカナ，選項1「メイフ」唸作「めいふ」，選項2「メイワ」為「めいわ」，選項3「ナイフ」為「ないふ」，選項4「ナイワ」是「ないわ」，故答案為3。

16 あには　あおい　コートを　<u>きて</u>　います。

1 来て　　2 着て　　3 切て　　4 気て

→ 兄は　青い　コートを　<u>着て</u>　います。

中譯 哥哥穿著藍色的外套。

解析 本題測驗動詞て形，所以選項4「気て」為不存在的用法，可先排除。「来ます」（來）、「着ます」（穿）、「切ります」（剪、切）的て形各為「来て」、「着て」、「切って」，因此選項3「切て」亦可排除。此外，選項1「来て」、2「着て」的發音相同，但依句意，答案應為2。

17 りんごを　ひとつ　おねがいします。

1 一つ　　2 二つ　　3 三つ　　4 四つ

→ りんごを　一つ（ひと）　お願（ねが）いします。

中譯 請給我一個蘋果。

解析 本題考數量詞，選項1是「一つ（ひと）」（一個），選項2是「二つ（ふた）」（二個），選項3是「三つ（みっ）」（三個），選項4是「四つ（よっ）」（四個），故答案為1。

18 よるは　ラジオを　きいて　います。

1 来いて　　2 木いて　　3 聞いて　　4 気いて

→ 夜（よる）は　ラジオを　聞（き）いて　います。

中譯 晚上都聽收音機。

解析 四個選項的漢字部分都可唸作「き」，但選項2、4不是動詞。選項1則不是正確的て形變化（應為「来（き）て」），且從「ラジオを」的「を」判斷，後面的動詞應為他動詞才合理，故答案為3。

19 その　みちの　むこうに　ぎんこうが　あります。

1 橋　　2 道　　3 通　　4 町

→ その　道（みち）の　向（む）こうに　銀行（ぎんこう）が　あります。

中譯 那條路的另一邊有銀行。

解析 本題測驗街道相關表達，選項1唸作「はし」（橋），選項2是「みち」（路），選項3是「とおり」（路），選項4是「まち」（城鎮）。選項2、3雖然都有馬路的意思，但依發音，應選2。

20 わたしは　ははの　つくった　りょうりが　すきです。

1 切った　　2 使った　　3 作った　　4 取った

→ 私（わたし）は　母（はは）の　作（つく）った　料理（りょうり）が　好（す）きです。

中譯 我喜歡母親做的菜。

解析 本題測驗た形為「促音便（そくおんびん）」之動詞，選項1「切（き）った」的辭書形為「切（き）る」（切），選項2「使（つか）った」的辭書形為「使（つか）う」（使用），選項3「作（つく）った」的辭書形為「作（つく）る」（製作），選項4「取（と）った」的辭書形為「取（と）る」（拿），故答案為3。

問題3 （　　）中要放入什麼呢？請從1・2・3・4中，選出一個最正確的答案。

21 きのう　（　　）で　かいものしました。

1 ニュース　　2 デパート　　3 ストーブ　　4 スプーン

→ きのう　デパートで　買い物しました。

中譯 昨天在百貨公司買了東西。

解析 本題考外來語，選項1「ニュース」是「新聞」，選項2「デパート」是「百貨公司」，選項3「ストーブ」是「暖爐」，選項4「スプーン」是「湯匙」，答案為2。

22 きょねん　（　　）。いま　こどもが　ひとり　います。

1 けんかしました　　2 しつもんしました

3 けっこんしました　　4 さんぽしました

→ 去年　結婚しました。今　子どもが　一人　います。

中譯 去年結了婚。現在有一個小孩。

解析 本題測驗漢語動詞，選項1是「喧嘩します」（吵架），選項2是「質問します」（發問），選項3是「結婚します」（結婚），選項4是「散歩します」（散步），答案為3。

23 つかれましたから、いえに　かえってから、（　　）　ねました。

1 すぐに　　2 ほんとう　　3 ちょうど　　4 たぶん

→ 疲れましたから、家に　帰ってから、すぐに　寝ました。

中譯 因為很累，所以回到家之後，就立刻睡了。

解析 本題考副詞，選項1「すぐに」是「立刻」，選項2「ほんとう」是「真的」，選項3「ちょうど」是「正好」，選項4「たぶん」是「大概」，答案為1。

24 きょうは　（　　）です。あしたは　とおかです。

1 ついたち　　2 なのか　　3 ようか　　4 ここのか

→ きょうは　九日です。あしたは　十日です。

中譯 今天是九號。明天是十號。

解析 本題考日期，選項1「一日」是「一號」，選項2「七日」是「七號」，選項3「八日」是「八號」，選項4「九日」是「九號」，答案為4。

25 にほんじんの　いえに　はいる　ときは　くつを　（　　　）。

1 おきます　　2 ひきます　　3 はきます　　**4 ぬぎます**

→ 日本人(にほんじん)の　家(いえ)に　入(はい)る　時(とき)は　靴(くつ)を　脫(ぬ)ぎます。

中譯 進入日本人家時要脫鞋。

解析 本題考ます形結尾為「～き / ぎ」的動詞，選項1是「置(お)きます」（放置），選項2是「引(ひ)きます」（拉），選項3是「穿(は)きます」（穿），選項4是「脫(ぬ)ぎます」（脫），答案為4。

26 わたしは　1にちに　2かい　（　　　）を　みがきます。

1 はな　　2 め　　3 みみ　　**4 は**

→ 私(わたし)は　1日(いちにち)に　2回(にかい)　歯(は)を　磨(みが)きます。

中譯 我一天刷二次牙。

解析 本題測驗身體部位相關名詞，選項1是「鼻(はな)」（鼻子），選項2是「目(め)」（眼睛），選項3是「耳(みみ)」（耳朵），選項4是「歯(は)」（牙齒），答案為4。

27 （　　　）　プールへ　およぎに　いきます。

1 よく　　2 とても　　3 あまり　　4 たいへん

→ よく　プールへ　泳(およ)ぎに　行(い)きます。

中譯 常常去游泳池游泳。

解析 本題考副詞，選項1「よく」是「常常」，選項2「とても」是「非常」，選項3「あまり」是「（不）太～」，選項4「たいへん」是「相當地、很～」，答案為1。

28 とりが　かわいい　こえで　（　　　）　います。

1 さいて　　2 ふいて　　**3 ないて**　　4 ひいて

→ 鳥(とり)が　かわいい　声(こえ)で　鳴(な)いて　います。

中譯 小鳥叫著可愛的聲音。

解析 本題測驗て形為「～いて」的動詞，選項1的辭書形為「咲(さ)く」，是「開花」的意思；選項2的辭書形為「吹(ふ)く」，是「吹」的意思；選項3的辭書形為「鳴(な)く」，是「叫」的意思；選項4的辭書形為「引(ひ)く」，是「拉」的意思，答案為3。

29 あねは　ときどき　（　　　）を　ひきます。

1 カメラ　　**2 ピアノ**　　3 ダンス　　4 テレビ

→ 姉(あね)は　時々(ときどき)　ピアノを　弾(ひ)きます。

中譯 姊姊有時候彈鋼琴。

解析 本題考外來語，選項1「カメラ」是「相機」，選項2「ピアノ」是「鋼琴」，選項3「ダンス」是「舞蹈」，選項4「テレビ」是「電視」，答案為2。

30 （　　　）ですから、ここに　はいらないで　ください。

1 しずか　　2 にぎやか　　**3 あぶない**　　4 すずしい

→ 危(あぶ)ないですから、ここに　入(はい)らないで　ください。

中譯 很危險，所以請不要進入這裡。

解析 本題考形容詞，選項1「しずか」是「安靜」，選項2「にぎやか」是「熱鬧」，選項3「あぶない」是「危險的」，選項4「すずしい」是「涼爽的」，答案為3。

問題4　有和＿＿＿的句子相似意思的句子。請從1・2・3・4中，選出一個最正確的答案。

31 さとうさんの　おじさんは　あの　ひとです。

1 さとうさんの　おとうさんの　おとうさんは　あの　ひとです。

2 さとうさんの　おとうさんの　おかあさんは　あの　ひとです。

3 さとうさんの　おとうさんの　おにいさんは　あの　ひとです。

4 さとうさんの　おとうさんの　おねえさんは　あの　ひとです。

→ 佐藤(さとう)さんの　おじさんは　あの　人(ひと)です。

中譯 佐藤先生的伯父是那個人。

解析 本題考稱謂，「おじさん」是「叔伯」的意思。選項1的「お父(とう)さんのお父(とう)さん」是「爸爸的爸爸」，所以應為「おじいさん」（爺爺）；選項2的「お父(とう)さんのお母(かあ)さん」是「爸爸的媽媽」，所以應為「おばあさん」（奶奶）；選項3的「お父(とう)さんのお兄(にい)さん」是「爸爸的哥哥」，所以應為「おじさん」（伯父）；選項4的「お父(とう)さんのお姉(ねえ)さん」是「爸爸的姊姊」，所以應為「おばさん」（姑姑），故答案為3。

32 きむらさんは　せが　たかくないです。

1 きむらさんは　おもくないです。

2 きむらさんは　わかくないです。

3 きむらさんは　おおきくないです。

4 きむらさんは　つよくないです。

→ 木村(きむら)さんは　背(せ)が　高(たか)くないです。

中譯 木村先生長得不高。

解析 本題考形容詞，選項1裡的「重くない」是「不重」；選項2裡的「若くない」是「不年輕」；選項3裡的「大きくない」是「不大」，拿來形容人時，指的是「不高大」；選項4的「強くない」則為「不堅強」，所以本題答案為3。

33 <u>ここは　やおやです。</u>

1 この　みせで　えんぴつや　ボールペンを　うって　います。

2 この　みせで　やさいや　くだものを　うって　います。

3 この　みせで　さかなを　うって　います。

4 この　みせで　くすりを　うって　います。

→ ここは　八百屋です。

中譯 這裡是蔬果店。

解析 選項1「この店で鉛筆やボールペンを売っています」（在這家店裡賣著鉛筆、原子筆）應為「文房具屋」（文具店），選項2「この店で野菜や果物を売っています」（在這家店裡賣著蔬菜、水果）應為「八百屋」（蔬果店），選項3「この店で魚を売っています」（在這家店裡賣著魚）應為「魚屋」（魚店），選項4「この店で薬を売っています」（在這家店裡賣著藥），應為「薬屋」（藥局），故答案為2。

34 <u>その　まどは　あいて　います。</u>

1 その　まどは　あきません。

2 その　まどは　あけて　ありません。

3 その　まどは　しまって　いません。

4 その　まどは　しめて　あります。

→ その　窓は　開いて　います。

中譯 那個窗戶開著。

解析 選項1「その窓は開きません」是「那個窗戶打不開」，選項2「その窓は開けてありません」是「那個窗戶沒打開」，選項3「その窓は閉まっていません」是「那個窗戶沒關著」，選項4「その窓は閉めてあります」是「那個窗戶關好了」，故答案為3。

35 <u>これは　はしです。</u>

1 これを　つかって　かみを　きります。

2 これを　つかって　ごはんを　たべます。

3 これを　つかって　しゅくだいを　します。

4 これを　つかって　でんわを　かけます。

→ これは　箸（はし）です。

中譯 這是筷子。

解析 選項1「これを使（つか）って髪（かみ）を切（き）ります」是「用這個剪頭髮」，選項2「これを使（つか）ってご飯（はん）を食（た）べます」是「用這個吃飯」，選項3「これを使（つか）って宿題（しゅくだい）をします」是「用這個做作業」，選項4「これを使（つか）って電話（でんわ）をかけます」是「用這個打電話」，故答案為2。

言語知識（文法）・讀解

問題1 （　　　）中要放入什麼呢？請從1・2・3・4中，選出一個最正確的答案。

1 每日　しんぶん（　　　）　読みます。

1 を　　2 へ　　3 に　　4 が

→ 毎日（まいにち）　新聞（しんぶん）を　読（よ）みます。

中譯 每天看報紙。

解析 「新聞（しんぶん）」（報紙）為「読（よ）みます」（閱讀）的受詞，所以應加上表示受詞的助詞「を」，故答案為1。

2 この　くすりを　1日（　　　）　3かい　のんで　ください。

1 に　　2 と　　3 も　　4 へ

→ この　薬（くすり）を　1日（いちにち）に　3回（さんかい）　飲（の）んで　ください。

中譯 這個藥請一天吃三次。

解析 「1日（いちにち）」（一天）是表示時間的量詞，「3回（さんかい）」（三次）是表示次數的量詞，二個數量詞在一起時，中間加上「に」可表示頻率，故答案為1。

3 わたしは　田中さん（　　　）　ここで　まちます。

1 を　　2 に　　3 が　　4 で

→ 私（わたし）は　田中（たなか）さんを　ここで　待（ま）ちます。

中譯 我在這裡等田中先生。

解析 「田中（たなか）さん」為表「人」之名詞，但在本句裡卻不是主詞（田中（たなか）さんが）或是動作的對象（田中（たなか）さんに），所以常加在「人」後的「が」和「に」都不是正確答案。「待（ま）ちます」（等待）的動作者為「私（わたし）」，而「田中（たなか）さん」該為「待（ま）ちます」的受詞才對，所以要加上「を」，答案為1。

4 こちらは　社長（　　　）　田中です。

1 と　　2 も　　3 に　　4 の

→ こちらは　社長（しゃちょう）の　田中（たなか）です。

中譯 這一位是社長田中。

解析 「社長（しゃちょう）」（社長）為名詞，「田中（たなか）」（田中）也是名詞，名詞與名詞間加上「の」才能構成修飾關係，故答案為4。

5 あなたは　どんな　えいが（　　）　よく　見ますか。

1が　　2を　　3は　　4と

→ あなたは　どんな　映画(えいが)を　よく　見(み)ますか。

中譯 你常看哪種電影呢？

解析 「映画(えいが)」（電影）為「見(み)ます」（看）的受詞，所以要加上助詞「を」，故答案為2。

6 電車の　なか（　　）　かさを　わすれました。

1で　　2が　　3へ　　4に

→ 電車(でんしゃ)の　中(なか)に　傘(かさ)を　忘(わす)れました。

中譯 把傘忘在電車裡。

解析 「電車(でんしゃ)の中(なか)」（電車裡）是表示地點的名詞，相關助詞有可能為「で」或「に」。但是句子裡的動作是「傘(かさ)を忘(わす)れました」（忘了傘），應加上「に」表示「物品存在的位置」較適合，故答案為4。

7 ピアノを　（　　）　ください。

1ひきて　　2ひいて　　3ひきで　　4ひいで

→ ピアノを　弾(ひ)いて　ください。

中譯 請彈鋼琴。

解析 本題考動詞變化，彈鋼琴是「ピアノを弾(ひ)きます」。「弾(ひ)きます」為第一類動詞，ます形結尾為「～き」（弾(ひ)き），所以て形應「イ音便(おんびん)」成為「弾(ひ)いて」，故答案為2。

8 きのう　7時に　（　　）、りょうりを　つくりました。

1かえる　　2かえった　　3かえって　　4かえらない

→ きのう　7時(しちじ)に　帰(かえ)って、料理(りょうり)を　作(つく)りました。

中譯 昨天七點回家，做了菜。

解析 選項1「帰(かえ)る」為辭書形，選項2「帰(かえ)った」為た形，選項3「帰(かえ)って」為て形，選項4「帰(かえ)らない」為ない形，て形可以用來連接動作，所以答案為3。

9 ここは　病院ですから、（　　）　して　ください。

1しずか　　2しずかに　　3しずかな　　4しずかで

→ ここは　病院(びょういん)ですから、静(しず)かに　して　ください。

中譯 這裡是醫院，所以請安靜。

解析 「静か」（安靜）為ナ形容詞，ナ形容詞要加上「に」才能與後面的動詞連接，故答案為2。

10 （　　　）から、テレビを　見ます。

1 ひま　　2 ひまで　　3 ひまな　　4 ひまだ

→ 暇だから、テレビを　見ます。

中譯 因為很閒，所以看電視。

解析 「～から」為接續助詞，前面必須為完整的句子。「暇」（空閒）為ナ形容詞，加上「だ」即成為完整的句子，表示現在式肯定句，故答案為4。

11 木村さんの　へやは　（　　　）　きれいです。

1 ひろい　　2 ひろく　　3 ひろくて　　4 ひろ

→ 木村さんの　部屋は　広くて　きれいです。

中譯 木村先生的房間又大又漂亮。

解析 「広い」（寬敞）和「きれい」（漂亮）都是形容詞，二個形容詞在一起時，將前一個形容詞變為て形即可並列。「広い」為イ形容詞，て形變化為「広~~い~~＋くて」，故答案為3。

12 きのう　（　　　）　えいがは　とても　おもしろかったです。

1 見る　　2 見た　　3 見て　　4 見

→ きのう　見た　映画は　とても　おもしろかったです。

中譯 昨天看的電影非常有趣。

解析 動詞用「常體」可以修飾名詞，選項3「見て」為て形，選項4「見」為ます形，所以不考慮。選項1「見る」是辭書形，選項2「見た」是た形，二者均為常體，但是句子裡電影是昨天看的，所以應該用過去式才適合，故答案為2。

13 デパートへ　行きましたが、（　　　）　買いませんでした。

1 いくら　　2 何か　　3 何も　　4 どれを

→ デパートへ　行きましたが、何も　買いませんでした。

中譯 去了百貨公司，但是什麼都沒買。

解析 本題測驗疑問詞與助詞之配合。疑問詞加上「も」的否定句表示「全面否定」，故答案為3。

14 （　　）　たてものは　古いです。

1 あちら　　2 あの　　3 あれ　　4 あそこ

→ あの　建物(たてもの)は　古(ふる)いです。

中譯 那棟建築物很古老。

解析 本題考指示詞，四個選項中，選項1「あちら」（那邊）、3「あれ」（那個）、4「あそこ」（那裡）都是指示代名詞，只有選項2「あの」（那～）可以直接用來連接名詞，故答案為2。

15 きょうしつには　いすが　一つしか　（　　）。

1 います　　2 いません　　3 あります　　4 ありません

→ 教室(きょうしつ)には　いすが　一(ひと)つしか　ありません。

中譯 教室裡只有一把椅子。

解析 本題考「います」、「あります」的區分，以及「～しか～ません」這二個概念。「います」、「あります」都用來表示存在，但「います」表示人或動物的存在，「あります」則用來表示物品、植物的存在。「～しか」表示「只有～」，但句子必須為否定「～しか～ません」，故答案為4。

16 きょうは　（　　）　早く　かえりますか。

1 どちら　　2 どうして　　3 どんな　　4 どなた

→ きょうは　どうして　早(はや)く　帰(かえ)りますか。

中譯 今天為什麼要早回家呢？

解析 本題考疑問詞，選項1「どちら」是「哪一個」，選項2「どうして」是「為什麼」，選項3「どんな」是「哪種」，選項4「どなた」是「哪一位」，故答案為2。

問題2　放入＿★＿中的語彙是什麼呢？請從1・2・3・4中選出一個最適當的答案。

17 きょうの　テストは　＿★＿　＿＿＿　＿＿＿　＿＿＿。

1 ごご　2時に　　2 ごご　3時に　　3 はじまって　　4 おわります

→ きょうの　テストは　午後(ごご)　2時(にじ)に　始(はじ)まって　午後(ごご)　3時(さんじ)に　終(お)わります。

中譯 今天的考試在下午二點開始，下午三點結束。

解析 本題主要測驗動作的起始以及和時間點的配合用法，正確順序是1・3・2・4，所以答案為1。

18 ちちは ＿★＿ ＿＿＿ ＿＿＿ ＿＿＿ 食べます。

1 朝ごはんを　2 ながら　3 読み　4 しんぶんを

→ 父(ちち)は 新聞(しんぶん)を 読(よ)み ながら 朝(あさ)ごはんを 食(た)べます。

中譯 父親一邊看報紙一邊吃早飯。

解析 本題主要測驗「～ながら」（一邊～一邊～）以及動詞、受詞之組合方式，正確順序是4・3・2・1，故答案為4。

19 ＿＿＿ ＿＿＿ ＿＿＿ ＿★＿ は、気を　つけて　ください。

1 とき　2 わたる　3 みちを　4 ひろい

→ 広(ひろ)い 道(みち)を 渡(わた)る 時(とき) は、気(き)を　つけて　ください。

中譯 過大馬路時請小心。

解析 本題測驗動詞修飾名詞的方式，掌握「常體」修飾的概念即可判斷答案，正確順序是4・3・2・1，所以本題答案為1。

20 どの ＿★＿ ＿＿＿ ＿＿＿ ＿＿＿ ですか。

1 あなた　2 が　3 ぼうし　4 の

→ どの 帽子(ぼうし) が あなた の ですか。

中譯 哪個帽子是你的呢？

解析 本題主要測驗指示詞以及形式名詞「の」。「どの」（哪～）為指示詞，後面要接名詞。而「の」除了一般常見的助詞功能外，還有「形式名詞」功能，可用來代替原本的名詞，本題順序是3・2・1・4，故答案為3。

21 ＿＿＿ ＿＿＿ ＿★＿ ＿＿＿ 2時間も　歩いて　来ました。

1 ここ　2 いえ　3 から　4 まで

→ 家(いえ) から ここ まで 2時間(にじかん)も 歩(ある)いて 来(き)ました。

中譯 從家裡到這裡走了二個小時。

解析 「～から」表示起點，「～まで」表示終點，句尾為「歩(ある)いて来(き)ました」（走來），所以終點自然為目前所在的地點「ここ」（這裡），正確順序是2・3・1・4，故答案為1。

問題3　[22]～[26]中放入什麼呢？請從1・2・3・4中，選出一個最適當的答案。

パクさんは　月よう日から　金よう日まで　日本語 [22] の　学校に　行きます。そして　9時から　3 時まで　勉強します。昼休みは　12時から　1 時までです。パクさんは　クラスメートと　弁当を　[23] 食べながら、いろいろな　話を　します。

土よう日 [24] と　日よう日は　学校が　休みですから、パクさんは　スーパー [25] へ　アルバイトに　行きます。疲れます [26] が、おもしろいと　言って　います。

中譯 朴同學星期一到星期五要去日語學校。然後從九點讀到三點。午休是十二點到一點。

朴同學會和同學一起一邊吃便當，一邊聊許多話。

星期六和星期日學校放假，所以朴同學會去超市打工。他說雖然很累，不過很有趣。

[22] 1の　　2を　　3が　　4で

解析 本題測驗助詞，「日本語」（日文）和「学校」（學校）均為名詞，所以應加上「の」表示修飾關係，故答案為1。

[23] 1食べて　　2食べ　　3食べる　　4食べた

解析 「～ながら」表示動作一起進行，前一個動詞應用ます形來連接，選項1「食べて」為て形，選項2「食べ」為ます形，選項3「食べる」為辭書形，選項4「食べた」為た形，故答案為2。

[24] 1の　　2に　　3と　　4で

解析 本題測驗助詞，「土よう日」（星期六）和「日よう日」（星期日）雖然都是名詞，但因為不存在修飾關係，所以不能加上「の」。而二個名詞為同性質、同類的名詞，所以應該加上「と」表示並列，故答案為3。

[25] 1で　　2を　　3が　　4へ

解析 本題測驗助詞，「スーパー」（超市）為地點名詞，後面有「行きます」（去）時，通常加上「へ」表示動作的方向，故答案為4。

[26] 1から　　2ので　　3が　　4でも

解析 本題測驗接續助詞，「疲れます」（累）和「おもしろい」（有趣）有著相反的價值，所以應使用逆態接續（雖然～但是～）。選項1「から」和選項2「ので」表示因果關係，所以可以先排除。選項3「が」和選項4「でも」都可以用來表示逆態接續，所以要以連接方式來判斷。「が」前面必須為完整的句子，但「でも」前面應為名詞（名詞＋でも），或是獨立的句子（～ます。でも、～），而不能構成「～ますでも」，故答案為3。

問題4　請閱讀以下的文章，回答問題。請從1・2・3・4中，選出一個最正確的答案。

> パクさん
> 　１１時ごろ　木村先生から　電話が　ありました。おととい　出した　レポートを、きょうの　６時までに　先生の　研究室へ　とりに　行って　くださいと　いうことです。
>
> ６月５日　林

中譯

> 朴同學
> 　十一點左右，木村老師來了通電話。老師說請在今天六點之前，到老師的研究室去拿前天交的報告。
>
> 六月五日　林

27 パクさんは　何を　しますか。

（朴同學要做什麼呢？）

1 木村先生に　電話します。

（打電話給木村老師。）

2 木村先生の　研究室へ　レポートを　出しに　行きます。

（去木村老師的研究室交報告。）

3 木村先生の　研究室へ　レポートを　書きに　行きます。

（去木村老師的研究室寫報告。）

4 木村先生の　研究室へ　レポートを　もらいに　行きます。

（去木村老師的研究室拿報告。）

夕べ　9時に　エミさんに　電話を　しましたが、誰も　出ませんでした。10時に　もう　いちど　かけました。彼女の　お母さんが　出て、まだ　帰って　いないと　言いました。それで　また　あした　かけると　言いました。

中譯 昨天晚上九點打了電話給惠美小姐，可是沒人接。十點再打了一次。她的母親接了，並說她還沒回來。所以我就說我明天再打。

28 ただしい　ものは　どれですか。

（正確的是哪一個呢？）

1 あした　エミさんに　電話を　かけます。

（明天要打電話給惠美小姐。）

2 エミさんが　あした　電話を　かけます。

（惠美小姐明天要打電話。）

3 あした　お母さんに　電話を　かけます。

（明天要打電話給（惠美小姐的）母親。）

4 お母さんが　あした　電話を　かけます。

（（惠美小姐的）母親明天要打電話。）

けさは　6時に　おきました。シャワーを　あびてから、あさごはんを　食べました。あさごはんを　食べながら　新聞を　読みました。あさごはんを　食べた　あとで　テレビを　見ました。それから　学校へ　行きました。

中譯 今天早上六點起床。洗澡後吃了早飯。一邊吃早飯一邊看了報紙。吃完早飯後看了電視。然後去了學校。

29 ただしい　ものは　どれですか。

（正確的是哪一個呢？）

1 あさごはんを　食べながら　テレビを　見ました。

（一邊吃早飯一邊看了電視。）

2 あさごはんを　食べてから　シャワーを　あびました。

（吃完早飯後洗了澡。）

3 あさごはんを　食べた　あとで　新聞を　読みました。

（吃完早飯後看了報紙。）

4 あさごはんを　食べる　前に　シャワーを　あびました。

（吃早飯前洗了澡。）

問題5　請閱讀以下的文章，回答問題。請從1・2・3・4中，選出一個最正確的答案。

わたしは　王です。ペキンから　来ました。きょねん　9月に　とうきょうへ来て、まいにち　日本語学校で　勉強して　います。いまは　7月です。雨が　よく降ります。ペキンでも　7月は　雨が　よく　降ります。来月から　夏休みです。でも、ペキンへは　帰らないで、日本の　いろいろな　所へ　行きたいです。ペキンには海が　ありませんから、海へ　行って　泳ぎたいです。

中譯 敝姓王，從北京來的。去年九月來到東京，每天都在日本語學校讀書。現在是七月。經常下雨。在北京，七月也很常下雨。下個月開始是暑假。但是，我不回北京，想去日本的許多地方。因為北京不靠海，所以我想去海邊游泳。

30 夏休みは　いつからですか。

（暑假從何時開始？）

1 6月からです。

（六月起。）

2 7月からです。

（七月起。）

3 8月からです。

（八月起。）

4 9月からです。

（九月起。）

31 いちばん　いい　ものは　どれですか。

（最適當的是哪一個呢？）

1 この　人は　水泳が　きらいです。

（這個人討厭游泳。）

2 この　人は　雨が　きらいです。

（這個人討厭下雨。）

3 この　人は　夏休みに　国へ　帰らないで　アルバイトします。

（這個人暑假不回國，要打工。）

4 この　人は　夏休みに　国へ　帰らないで　日本で　遊びます。

（這個人暑假不回國，要在日本玩。）

問題6　請閱讀以下的文章，看「浮世繪展」和「金同學的行程」，然後回答問題。從1・2・3・4中，選出一個最適當的答案。

来週　東洋美術館で　「浮世絵展」が　あります。わたしは　浮世絵が　好きですから、見に　行きたいです。そして　ゆっくり　見たいです。土曜日と　日曜日は　奈良へ　あそびに　行きますから、ほかの　日に　します。

中譯　下週在東洋美術館有「浮世繪展」。我很喜歡浮世繪，所以想去看。然後想慢慢欣賞。星期六和星期天要去奈良玩，所以要其他日子。

浮世絵展	
〔期間〕	１１月１日（月）－１１月７日（日）
〔休館日〕	毎週火曜日
〔開館時間〕	午前１０時－午後5時（入館は午後4時３０分まで）
〔入館料〕	一般１２００円／高校・大学生８００円／中学生以下無料

キムさんの　スケジュール

	月曜日	火曜日	水曜日	木曜日	金曜日
9：00 ～12：00	授業	授業	授業		授業
12：00 ～13：00	昼休み				
13：00 ～16：00	アルバイト		授業	授業	テニスの練習
16：00 ～19：00	アルバイト	アルバイト		テニスの練習	

中譯

浮世繪展

〔期間〕　十一月一日（星期一）－十一月七日（星期日）

〔休館日〕　每週二

〔開館時間〕上午十點－下午五點（入館到下午四點三十分為止）

〔門票〕　一般一千二百日圓／高中・大學生八百日圓／國中生以下免費

金同學的行程

	星期一	星期二	星期三	星期四	星期五
9：00～12：00	上課	上課	上課		上課
12：00～13：00	午休				
13：00～16：00	打工		上課	上課	練網球
16：00～19：00	打工	打工		練網球	

32 いつ　「浮世絵展（うきよえてん）」を　見（み）に　行（い）った　ほうが　いいですか。

（什麼時候去看「浮世繪展」比較好呢？）

1 火曜日（かようび）、授業（じゅぎょう）の　後（あと）

（星期二下課後）

2 水曜日（すいようび）、授業（じゅぎょう）の　後（あと）

（星期三下課後）

3 木曜日（もくようび）の　朝（あさ）

（星期四早上）

4 金曜日（きんようび）、テニスの　練習（れんしゅう）の　後（あと）

（星期五網球練習後）

聽解

問題1

問題1請先聽問題，然後聽對話，從選項1到4中，選出一個最正確的答案。

1 MP3-49

女の人と男の人が話しています。女の人はこれからどうしますか。

（女人和男人正在說話。女人接下來會怎麼做呢？）

女：田中さん。

（田中先生。）

男：はい、どうしたんですか。

（是，怎麼了呢？）

女：あのう、ちょっとおなかの調子が悪いんですが……。

（那個，我肚子有點不太舒服……。）

男：そうですか。病院へ連れて行きましょうか。

（這樣子呀！我帶你去醫院嗎？）

女：いいんです。家へ帰って休みたいです。

（不用了。我想回家休息。）

男：分かりました。

（我知道了。）

女：じゃ、お先に失礼します。

（那，我先走了。）

女の人はこれからどうしますか。

（女人接下來會怎麼做呢？）

答案　2

2 MP3-50

男の人と女の人が話しています。今、何時ですか。

（男人和女人正在說話。現在幾點呢？）

男：何時の電車ですか。

（幾點的電車呢？）

女：３時１5分です。

（三點十五分。）

男：じゃ、あと10分ありますね。

（那，還有十分鐘呀！）

女：いいえ、あと5分です。あなたの時計は遅いですよ。

（不是，是還有五分鐘。你的手錶慢了喔！）

男：あっ、そうですか。

（啊！原來如此。）

今、何時ですか。

（現在幾點呢？）

答案　2

3 MP3-51

男の人と女の人が話しています。女の人はどれを取りますか。

（男人和女人正在說話。女人會拿哪一個呢？）

男：鈴木さん、ちょっといいですか。

（鈴木小姐，現在方便嗎？）

女：はい、何でしょうか。

（是，什麼事呢？）

男：あの棚にある箱を取ってきてください。

（請幫我拿在那個架上的箱子。）

女：はい。4つありますけど、どれですか。

（好的。有四個，要哪一個呢？）

男：あっ、「にしだ」と書いてあるのです。

（啊，寫了「にしだ」的那個。）

女：にしだって、ひらがなですか。カタカナですか。

（「にしだ」，平假名還是片假名呢？）

男：ひらがなのほうです。お願いします。

（是平假名那個。麻煩妳了！）

女の人はどれを取りますか。

（女人會拿哪一個呢？）

答案　1

4 MP3-52

女の人と男の人が話しています。王さんの妹さんはどの人ですか。

（女人和男人正在說話。王先生的妹妹是哪一個人呢？）

女：あそこで話している人、王さんの妹さんですよ。

（在那裡說話的人，是王先生的妹妹喔！）

男：どの人ですか？

（哪一個人呢？）

女：あの短いスカートをはいている人です。

（穿短裙的那個人。）

男：髪の長い人ですか？

（長頭髮的人嗎？）

女：いいえ、ちがいます。

（不，不是。）

男：ああ、そうですか。

（啊，原來如此。）

王さんの妹さんはどの人ですか。

（王先生的妹妹是哪一個人呢？）

答案　1

5 MP3-53

女の人と男の人が店で話しています。女の人はどんなりんごをいくつ買いますか。

（女人和男人正在店裡說話。女人要買怎樣的蘋果、買幾個呢？）

女：すみません。その大きいりんごはいくらですか。

（不好意思。那個大的蘋果多少錢呢？）

男：これは１つ３００円、２つで500円。

（這一個三百日圓，二個五百日圓。）

女：この小さいのは？

（這小的呢？）

男：それは１つ２００円、３つで50０円。

（那一個二百日圓，三個五百日圓。）

女：じゃ、大きいのを２つと小さいのを１つ。

（那，請給我二顆大的和一顆小的。）

男：はい、大きいのを２つと小さいのを１つ、７００円ですね。

ありがとうございました。

（好的，二顆大的和一顆小的，總共七百日圓。感謝您。）

女の人はどんなりんごをいくつ買いますか。

（女人要買怎樣的蘋果、買幾個呢？）

答案　4

6 MP3-54

男の人と女の人がカレンダーを見ながら話しています。2人はいつ美術館に行きますか。

（男人和女人正一邊看著月曆一邊在說話。二個人何時要去美術館呢？）

男：来週、美術館に行きませんか。

（下個星期，要不要去美術館呢？）

女：いいですね。いつにしましょうか。

（好呀！要哪一天呢？）

男：私は５日と、７日と、８日は大丈夫です。

（我五號、七號、八號可以。）

女：私は４日から７日まで出張なので……。

（我因為四號到七號要出差……。）

男：じゃ、この日にしましょう。

（那，就決定這一天吧！）

2人はいつ美術館に行きますか。

（二個人何時要去美術館呢？）

答案　4

7 MP3-55

男の人と女の人が話しています。男の人はいつまで休みですか。

（男人和女人正在說話。男人放假放到什麼時候呢？）

男：いやー、火曜日も水曜日ものんびりしたね。

（啊～，星期二、星期三都很悠哉呀！）

女：ええ。木曜日も休み？

（對呀。星期四也放假嗎？）

男：そう。

（對呀。）

女：金曜日は？

（星期五呢？）

男：金曜日からまた会社。

（星期五開始又要去上班了。）

女：そう、大変ね。

（這樣子，真辛苦呀！）

男の人はいつまで休みですか。

（男人放假放到什麼時候呢？）

答案　3

問題2

問題 2 請先聽問題，然後聽對話，從選項 1 到 4 中，選出一個最正確的答案。

8 MP3-56

女の人と店員が話しています。女の人はどの傘を買いますか。

（女人正在和店員說話。女人要買哪一把傘呢？）

男：いらっしゃいませ。

（歡迎光臨。）

女：その傘を見せてください。

（請讓我看一下那把傘。）

男：どれですか。

（哪一把呢？）

女：その黒いのです。

（那把黑色的。）

男：はい、どうぞ。

（好的，請看。）

女：これ、いくらですか。

（這個，多少錢呢？）

男：1000円です。

（一千日圓。）

女：じゃ、その白いのも？

（那麼，那把白色的也是嗎？）

男：白いのは１５００円です。

（白色的是一千五百日圓。）

女：じゃ、やっぱりこれにしましょう。

（那，還是決定這把吧！）

女の人はどの傘を買いますか。

（女人要買哪一把傘呢？）

答案 2

9 MP3-57

女の人と男の人が話しています。女の人はいつ男の人の家へ行きますか。

（女人和男人正在說話。女人什麼時候要到男人家去呢？）

女：来週のパーティー、佐藤さんの家でするんですね。

（下個星期的派對，是在佐藤先生家辦吧？）

男：そうです。来られますか。

（是的。可以來嗎？）

女：ええ、何か手伝いましょうか。

（好呀！要幫什麼忙嗎？）

男：じゃ、すみませんが、お願いします。

（那麼，不好意思，就麻煩你了！）

女：６時ごろ行きましょうか。

（我六點左右過去嗎？）

男：パーティーは７時ですから、３０分前でいいですよ。

（派對是七點，所以三十分鐘前就可以了喔。）

女：はい、わかりました。

（好的，我知道了。）

女の人はいつ男の人の家へ行きますか。

（女人什麼時候要到男人家去呢？）

答案　3

10 MP3-58

男の学生と女の学生が話しています。女の学生はきょうの午後、何をしますか。

きょうの午後です。

（男學生和女學生正在說話。女學生今天下午要做什麼呢？是今天下午。）

男：木村さん、昼ごはんの後、映画を見に行きませんか。

（木村同學，吃完午飯，要不要一起去看電影呢？）

女：すみません、これから本屋へアルバイトに行くんです。

（不好意思，我接下來就要去書店打工。）

男：じゃ、あしたの午後は？

（那麼，明天下午呢？）

女：テニスの練習があります。でも、あしたの晩は大丈夫ですよ。

（有網球練習。不過，明天晚上可以喔。）

男：そうですか。じゃ、あしたの晩にしましょう。

（這樣子呀！那麼，就決定明天晚上吧！）

女の学生はきょうの午後、何をしますか。

（女學生今天下午要做什麼呢？）

答案　4

11 MP3-59

男の人と女の人が話しています。女の人の家族はどれですか。

（男人和女人正在說話。女人的家人是哪一個呢？）

男：鈴木さん。

（鈴木小姐。）

女：はい。

（是。）

男：鈴木さんは何人家族ですか。

（鈴木小姐家裡有幾個人呀？）

女：5人です。両親と兄と 妹 と私です。

（五個人。父母、哥哥、妹妹和我。）

男：いいですね。兄弟がいて。

（真好呀。有兄弟姊妹。）

女：佐藤さんは？

（佐藤先生呢？）

男：わたしは一人っ子ですから、寂しいです。

（我是獨生子，所以好寂寞。）

女の人の家族はどれですか。

（女人的家人是哪一個呢？）

答案　1

12 MP3-60

男の学生と女の学生が話しています。木村先生はどの人ですか。

（男學生和女學生正在說話。木村老師是哪一個人呢？）

男：木村先生って、あのめがねをかけて、背が高い人ですか。

（你說的木村老師，是那個戴著眼鏡、長得很高的人嗎？）

女：そうですよ。きれいでしょう。

（對呀！漂亮吧！）

男：えっ、女の先生だったんですか。

（咦！原來是女老師呀！）

木村先生はどの人ですか。

（木村老師是哪一個人呢？）

答案　2

13 MP3-61

男の人と女の人が話しています。女の人は今朝、何を食べましたか。

（男人和女人正在說話。女人今天早上吃了什麼呢？）

男：朝ごはんはいつも何を食べるんですか。

（你早餐通常都吃些什麼呢？）

女：いつもパンとサラダです。

（我通常都吃麵包和沙拉。）

でも、今朝は時間がなくて、サラダは食べませんでした。

（不過今天早上沒有時間，所以沒吃沙拉。）

りんごは食べましたけど。

（但是吃了蘋果。）

男：コーヒーは？

（咖啡呢？）

女：いいえ、きょうは紅茶です。

（不，今天喝紅茶。）

女の人は今朝、何を食べましたか。

（女人今天早上吃了什麼呢？）

答案　3

問題3

問題3請一邊看圖一邊聽問題。然後，從選項1到3中，選出一個正確的答案。

14 MP3-62

雨(あめ)です。友(とも)だちは傘(かさ)がありません。何(なん)と言(い)いますか。

（下雨了。朋友沒有傘。要說什麼呢？）

1 傘(かさ)を貸(か)してください。

（請借我傘。）

2 傘(かさ)を借(か)りてもいいですか。

（可以跟你借傘嗎？）

3 傘(かさ)を貸(か)しましょうか。

（借你傘吧！）

15 MP3-63

窓(まど)を閉(し)めたいです。何(なん)と言(い)いますか。

（想關窗戶。要說什麼呢？）

1 窓(まど)を閉(し)めてください。

（請關窗戶。）

2 窓(まど)を閉(し)めてもいいですか。

（可以關窗戶嗎？）

3 窓(まど)は閉(し)めましたよ。

（窗戶關上了喔！）

16 MP3-64

仕事が終わって帰ります。何と言いますか。

（工作結束要回家。要說什麼呢？）

1 お帰りなさい。

（你回來啦！）

2 お邪魔します。

（打擾了！）

3 お先に失礼します。

（我先告辭了！）

17 MP3-65

友だちの消しゴムを使いたいです。何と言いますか。

（想用朋友的橡皮擦。要說什麼呢？）

1 この消しゴム、貸してください。

（這個橡皮擦，請借給我。）

2 この消しゴム、いいですよ。

（這個橡皮擦，很好喔！）

3 この消しゴム、ありがとうございました。

（這個橡皮擦，謝謝您！）

18 MP3-66

レストランでお店の人を呼びます。何と言いますか。

（在餐廳裡要叫店員。要說什麼呢？）

1 すみません。

（不好意思。）

2 いらっしゃいませ。

（歡迎光臨。）

3 ごちそうさまでした。

（我吃飽了。）

問題4

問題4沒有圖。首先請聽句子。然後請聽回答，從選項1到3中，選出一個正確的答案。

19 MP3-67

女：あのう、ここでは、タバコはちょっと……。

（那個，在這裡，香菸有點……。）

男：1 あっ、ありがとう。

（啊，謝謝。）

2 あっ、いいですよ。

（啊，可以呀！）

3 あっ、すみません。

（啊，不好意思。）

20 MP3-68

女：歌が上手ですね。

（歌唱得很棒耶！）

男：1 はい、そうですね。

（是的，沒錯喔。）

2 かまいませんよ。

（沒關係呀！）

3 ありがとうございます。

（謝謝。）

21 MP3-69

男：ただいま。

（我回來了。）

女：1 失礼します。

（打擾了。）

2 ありがとう。

（謝謝。）

3 お帰りなさい。

（你回來啦！）

22 MP3-70

男：鉛筆を取ってください。

（請拿一下鉛筆。）

女：1 はい、取ってもいいです。

（好的，可以拿。）

2 はい、わかりました。

（好的，我知道了。）

3 いいえ、取ります。

（不，我要拿。）

23 MP3-71

女：はじめまして、どうぞよろしく。

（初次見面，請多多指教。）

男：1 では、お元気で。

（那麼，請多保重。）

2 こちらこそ。

（彼此彼此。）

3 どういたしまして。

（不客氣。）

24 MP3-72

男：その人を知っていますか。

（你認識那個人嗎？）

女：1 はい、しました。

（是的，我做了。）

2 はい、わかりました。

（是的，我知道了。）

3 いいえ、知りません。

（不，我不認識。）

國家圖書館出版品預行編目資料

新日檢N5模擬試題＋完全解析 新版 / 林士鈞著
-- 四版 -- 臺北市：瑞蘭國際, 2023.03
288面；19 x 26公分 --（日語學習系列；68）
ISBN：978-626-7274-11-8（平裝）
1.CST：日語 2.CST：能力測驗

803.189　　112002730

日語學習系列 68

絕對合格！
新日檢N5模擬試題＋完全解析 新版

作者｜林士鈞・責任編輯｜葉仲芸、王愿琦・校對｜林士鈞、葉仲芸、王愿琦

日語錄音｜福岡載豐、杉本好美・錄音室｜不凡數位錄音室
封面設計｜劉麗雪・版型設計｜張芝瑜・內文排版｜帛格有限公司
美術插畫｜鄭名娣、林菁慧

瑞蘭國際出版

董事長｜張暖彗・社長兼總編輯｜王愿琦
編輯部
副總編輯｜葉仲芸・主編｜潘治婷
設計部主任｜陳如琪
業務部
經理｜楊米琪・主任｜林湲洵・組長｜張毓庭

出版社｜瑞蘭國際有限公司・地址｜台北市大安區安和路一段104號7樓之1
電話｜(02)2700-4625・傳真｜(02)2700-4622・訂購專線｜(02)2700-4625
劃撥帳號｜19914152 瑞蘭國際有限公司・瑞蘭國際網路書城｜www.genki-japan.com.tw

法律顧問｜海灣國際法律事務所　呂錦峯律師

總經銷｜聯合發行股份有限公司・電話｜(02)2917-8022、2917-8042
傳真｜(02)2915-6275、2915-7212・印刷｜科億印刷股份有限公司
出版日期｜2023年03月初版1刷・定價｜400元・ISBN｜978-626-7274-11-8
2024年08月初版2刷

瑞蘭國際

瑞蘭國際

瑞蘭國際

瑞蘭國際